日本語 情境 200 學口語 縮約形

吉松由美
田中陽子
山田玲奈 ◎合著

考聽力、看日劇漫畫，跟日本人套交情這本就夠啦！

そりゃすごいね！
（那可真是太厲害了）

附贈
朗讀 QR Code
＋MP3

Nihongo Kou Go
Syukuyakukei

U0080321

山田社

はじめに Preface

明明教科書上的句子都看得懂，但聽日本人講話總是霧煞煞？
日檢聽力測驗也講得好快幾乎聽不懂。
打破聽力及口說瓶頸，口語縮約變化等是癥結點。

　　教科書上說跟上司、師長說話要用禮貌日語。但是，想跟日本人成為親友，就得要學會「說說笑、鬥鬥嘴、張三李四」這種原汁原味的口語喔！口語隨性，不那麼拘謹，不叫人有距離，所以對日本人而言，可是一種「自家人」的表現呢！

　　本書將讓您在擁有「です・ます形」的基礎後，迅速點通口語能力，並為未來的中高階日檢聽力測驗鋪好路。尤其是正在準備 N3 檢定的考生們千萬別錯過，聽力測驗中白話又生活化的口語表現，經常是考生們的一大罩門，事先熟悉口語日語，就能從容應試，奪得高分！

口語跟教科書是哪裡不一樣呢？我們來比較一下。

> 例：小櫻，你玩 SNS 嗎？

教科書	口　語
桜ちゃんは、SNS とかやっている？	桜ちゃんって、SNS とかやってる？

は→って：口語用法
やっている→やってる：省略「い」

例：聽到那番話，真叫人氣憤。

教科書	口 語
あの話しを聞いたら、腹が立ってならない。	あの話し聞いたら、腹が立ってなんない。

を → 省略助詞
ら → ん：轉音（撥音化）

例：你就那樣放在那裡，或許他等一下就會來拿呢。

教科書	口 語
そのままにしておけば、あとで取りに来るかもしれないよ。	そのまましとけば、あとで取りに来るかもよ。

に → 省略助詞
ておけ → とけ：連音現象
かもしれない → かも：短縮句

日語口語也是有規律，有文法的，例如：

★ 省略助詞。有些助詞像是「を、は、が、に」會被省略。

★ 文法規則。口語也是有文法規則的，例如：「って＝は、と、とは、というのは」。

★ 連音現象。說話速度一快，就很容易就將二個字併做一個字唸，造成連音現象。例如：「ておく→とく；てあげる→たげる」等等。

★ 轉音（撥音化）。「ら、り、る、れ、に、の、ない」常會轉音（撥音化）成「ん」。

★ 省略「い」。進行式的「い」常省略，如「勉強しています→勉強してます」及「連れて行って→連れてって」等等。

★ 短縮句。沒有改變發音，直接省略單字其他成分。例如「かもしれない→かも」。

　　對口語的不熟悉，只要把這些規則、公式學到手，日本人怎麼說都聽得懂。只要用這些說話方式，讓您聽起來就像日本人。考聽力、看日劇、漫畫，跟日本人拉近距離用這本就夠啦！

掌握道地口說秘訣 3 部曲

　　本書將以下面 3 部曲，告訴您口語日語的使用變化規則、情境及說話文化，循序漸進掌握道地口說的秘訣！詳細如下：

第 1 部曲：掌握口語化日語公式，快速上手

教科書上的日語跟口語日語，最大的差別在省略表現和短縮表現的用法。如將「では」簡化成「じゃ」；又例如日劇口語中常出現的「って」，是不是也經常讓您搞得一團亂？但請不用擔心，這些省略和短縮的表現都是有規則可循的，只要透過書中公式的點撥、說明，熟記這些規則就OK 啦。

第 2 部曲：200 個情境對應，隨時隨地講出不同心情：

補足了口語公式知識後，本書將帶您進入 200 個情境，從入門寒暄問候的「サンキュー（Thank you）」、接續應答的「なるほど（原來如此）」到表達贊成或不滿等情緒或意見。除了為您模擬對話情境，進行想像練習外，不論何時何地，您都可以找到貼近自己心情寫照的那一句，現學現賣、朗朗上口。

第 3 部曲：
200 個情境句＋對話，獨到分析語言背後的意義

跟日本人打交道經常是頗費心思的，因此，理解日本人語言背後所隱藏的意義是很重要的。例如，日本人在表達否定、拒絕、指責、不滿、意見相左等可能讓對方不高興的場合，為了避免矛盾和衝突，日本人會選擇更為曖昧委婉的說話方式。本書 200 個情境句，加上衍生的對話，大部分的句子的意思、使用時的感情色彩濃度、暗含的心理等等都有獨到的分析。

學會口語日語後，您將會體驗到：

♥ 以前總是聽不懂的句子，現在聽懂啦！
♥ 終於可以一來一往，日式閒聊好熱絡！
♥ 終於知道對話空檔，該怎麼適當的回應了！
♥ 這樣做「口語」就不等於「不尊敬」，而是「自己人」的表現！

　　不論您是初學者、自學者、考生或是想讓日語更上一層樓的讀者，都能隨時開始讓口說大躍進。

目次 Contents..........

Part 1 口語日語的公式

Part 2 口語會話

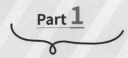

口語日語的公式

❶ 縮約形

1

では → じゃ

● 口語中「では」會縮短為「じゃ」，「ては」則會變成「ちゃ」喔。

▶ 在口語中「では」幾乎都變成「じゃ」。「じゃ」是「では」的縮約形式，也就是縮短音節的形式，一般是用在口語上。多用在跟自己比較親密的人，輕鬆交談的時候。

例 **これ、あんまりきれいじゃないね。**

這個不怎麼漂亮耶。

· ·

例 **あの人、正子じゃない？**
　　　 ひと　　　 まさ こ

那人不是正子嗎？

· ·

2

ではないか → じゃん
不是嗎、啦、呀

● 「ではないか」也可以省略為「じゃないか」，而「じゃん」則是最口語的說法。

▶ 〔（動詞・形容詞・形容動詞）普通形＋じゃん〕。「じゃん」是「ではないか」的縮約形，用來尋求對方同意自己的判斷，或用驚訝、感嘆的心情表達自己的吃驚。

例 **へえ、おもしろいじゃん。**

哎喲，太有趣啦！

· ·

3

てしまう → ちゃう；でしまう → じゃう
…完、…了

▶ 〔動詞て形＋ちゃう〕；〔な行、ま行、が行、ば行動詞＋じゃう〕。「ちゃう」是「てしまう」的縮約形。表示完了、完畢；也表示某一行為、動作所造成無可挽回的現象或結果；或表示某種不希望的或不如意事情的發生。

例 **夏休みが終わっちゃった。**

暑假結束囉！

⋯⋯⋯⋯⋯⋯⋯⋯⋯⋯⋯⋯⋯⋯⋯⋯⋯⋯⋯⋯⋯⋯⋯⋯⋯⋯⋯

例 **うちの犬が死んじゃったの。**

我家養的狗死掉了。

⋯⋯⋯⋯⋯⋯⋯⋯⋯⋯⋯⋯⋯⋯⋯⋯⋯⋯⋯⋯⋯⋯⋯⋯⋯⋯⋯

4 てしまえ → ちまえ
給我做了⋯

▶ [動詞て形＋ちまえ]；[な行、ま行、が行、ば行＋じまえ]。「ちまえ」（てしまう的命令形）為「てしまえ」的口語縮約形。表示把前面的行為發揮到極點。語氣粗野，一般用在男性吵架時。

例 **おいみんな、やっちまえ！**

喂大夥兒，給我上！

⋯⋯⋯⋯⋯⋯⋯⋯⋯⋯⋯⋯⋯⋯⋯⋯⋯⋯⋯⋯⋯⋯⋯⋯⋯⋯⋯

5 てはいけない → ちゃいけない；
ではいけない → じゃいけない
不要⋯、不許⋯

▶ [動詞て形＋ちゃいけない／じゃいけない]。「ちゃいけない」為「てはいけない」的口語縮約形，「じゃいけない」為「ではいけない」的口語縮約形。表示根據某種理由、規則，禁止對方做某事，有提醒對方注意，不喜歡該行為而不同意的語氣。

例 **ここで走っちゃいけないよ。**

不可以在這裡跑喔。

⋯⋯⋯⋯⋯⋯⋯⋯⋯⋯⋯⋯⋯⋯⋯⋯⋯⋯⋯⋯⋯⋯⋯⋯⋯⋯⋯

例 **子供がお酒を飲んじゃいけない。**

小孩子不可以喝酒。

⋯⋯⋯⋯⋯⋯⋯⋯⋯⋯⋯⋯⋯⋯⋯⋯⋯⋯⋯⋯⋯⋯⋯⋯⋯⋯⋯

6

なくてはいけない →
なくちゃいけない、なくちや

不能不…、不許不…；必須…

▶ [動詞否定形（去い）；（形容動詞詞幹・名詞）で；形容詞く形＋なくちゃ（じゃ）いけない、なくちや]。「なくちゃいけない」為「なくてはいけない」的口語縮約形。表示規定對方要做某事，具有提醒對方注意，並有義務做該行為的語氣。多用在個別的事情，對某個人上。

🈁 毎日<ruby>毎日<rt>まいにち</rt></ruby>、ちゃんと<ruby>花<rt>はな</rt></ruby>に<ruby>水<rt>みず</rt></ruby>をやらなくちゃいけない。

每天都必須給花澆水。

．．．．．．．．．．．．．．．．．．．．．．．．．．．．．．

7

なければならない
→ なきゃならない、なきゃ

不能不…、不許不…；必須…

●「なくちゃ」和「なきゃ」的意思幾乎相同，不過前者是因某個條件或規定不做不行，後者則是以義務和客觀常識來看不做不行。

▶ [動詞否定形（去い）；（形容動詞詞幹・名詞）で；形容詞く形＋なきゃならない、なきゃ] 為「なければならない」的口語縮約形。表示無論是自己或對方，從社會常識或事情的性質來看，不那樣做就不合理，有義務要那樣做。

🈁 それ、<ruby>今日中<rt>きょうじゅう</rt></ruby>にしなきゃならないの。

這個必須在今天之內完成。

．．．．．．．．．．．．．．．．．．．．．．．．．．．．．．

🈁 ごめん、<ruby>次<rt>つぎ</rt></ruby>の<ruby>講義<rt>こうぎ</rt></ruby>もう<ruby>行<rt>い</rt></ruby>かなきゃ。

對不起，我得去上下一堂課。

．．．．．．．．．．．．．．．．．．．．．．．．．．．．．．

② 音變形

1

は → って

▶ 這裡的「って」是由「は」音變而來的口語用法。

例 桜ちゃんって、SNS とかやっている?

小櫻,你玩 SNS 嗎?

....

2

とは → って
是…

▶ [名詞＋って]。這裡的「って」是由「とは」音變而來的口語用法。用在說明這一個名詞的意義、定義。

例 赤字って何?

什麼是赤字?

....

例 赤字って収入より支出が多いことです。

所謂赤字,是指支出比收入多之意。

....

3

というのは → って
所謂…就是…

▶ [(動詞・形容詞・名詞) 普通形＋って]。這裡的「って」是由「というのは」音變而來的口語形。表示針對提出的話題,進行說明意義或定義。

例 「マック」って「マクドナルド」のことだよ。

所謂「Mac」就是指「麥當勞」喔!

....

● 另外「名詞＋っていう」也是相同的意思和用法。

4

という → って
…所謂…、叫做…

▶ [名詞＋って]。「って」是由「という」音變而來的口語形，表示人或事物的稱謂，或對不知道的事物做解釋。

例 チワワって犬、知ってる？

你知道有一種叫吉娃娃的狗嗎？

例 中山_{なかやま}って人_{ひと}が来_きたよ。

有位叫中山的人來了喔！

5

と言_いった → って
說…、聽說…

▶ [（動詞・形容詞）普通形＋って）]；[名詞・形容動詞詞幹＋だって]。這裡的「って」是由「と言った」音變而來的口語形。用在表示第三人稱傳聞的時候。但如果用在第二人稱跟第一人稱，意思就有些不一樣了。

例 課長_{かちょう}が今日_{きょう}の会議_{かいぎ}はここでやるって。

→ 傳達第三人稱課長說的話。

課長說今天的會議在這裡開。

例 買_かってくるの忘_{わす}れたって？

→ 第二人稱有反問、質疑的意思。

你說你忘記買了？

例 言_いわなくても分_わかってるって！

→ 第一人稱有因對方不瞭解自己的心情，而帶著不耐煩生氣的情緒。

我就說了嘛，你不說我也知道啦！

6

と聞^きいた → って
（某某）說…、聽說…

▶ [（動詞・形容詞）普通形＋って）]；[名詞・形容動詞詞幹＋だって]。
這裡的「って」是由「と聞いた」音變而來的口語形。用在告訴對方自
己所聽到的。

例 彼女^{かのじょ}は行^いかないって。

聽說她不去。

・・

例 花子^{はなこ}、見合^{みあ}い結婚^{けっこん}だって。

聽說花子是由相親結婚的。

・・

7

と → って

▶ [（動詞・形容詞）普通形＋って（言います）]；[名詞・形容動詞詞幹＋だっ
て（言います）]。表示引用。「と言います、と思います、と聞きます」
等的「と」，口語常會音變成「って」，口語甚至會把「言います、思います、
聞きます」等省去。只接只說「って」。

例 もうすぐ着^つくって（言^いってた）。

他說了就快到了。

・・

例 やっぱり彼^{かれ}はかっこいいって（思^{おも}った）。

果然還是覺得他很酷。

・・

例 彼女^{かのじょ}は来年結婚^{らいねんけっこん}だって（聞^きいた）。

聽說她明年結婚。

・・

8
は何？→って
…是什麼

▶ 這裡的「って」是由「は何、は何ですか」音變而來的口語形。用在詢問對方某事物是什麼的表現。

例「SIM カード」って。

什麼是 SIM 卡（電話卡）？

9
ということだ→って
據說、聽說

▶ [動詞普通形＋って]；[形容動詞・名詞＋だって]。這裡的「って」是由「ということだ」音變而來的口語形。表示傳聞。是引用傳達別人的話，這些話常常是自己直接聽到的。

例 天気予報によると、明日は雨が降るって。

根據天氣預報，明天會下雨。

10
ても→たって
即使…也…、雖說…但是…

▶ [動詞た形・形容詞く形＋たって]。「たって」就是「ても」的口語音變形。表示假定的條件。後接跟前面不合的事，後面的成立，不受前面的約束。

例 私に怒ったってしかたないでしょう？

你就算對我發脾氣也無濟於事呀？

例 いくら勉強したって、わからないよ。

不管怎麼用功，還是不懂嘛。

●「だって」也經常會出現在句首，後面搭配「もん」，表示「可是、但是…嘛！」的意思。

例 遠くたって、歩いていくよ。

就算很遠，我還是會走過去的！

. . . .

例 いくら言ったってだめなんだ。

不管你怎麼說不行就是不行。

. . . .

11 でも → だって
（名詞）即使…也…；（疑問詞）…都…

▶ [名詞・形容動詞詞幹＋だって]。「だって」是「でも」的口語音變形。表示假定逆接。就是後面的成立，不受前面的約束；[疑問詞＋だって]。表示全都這樣，或是全都不是這樣的意思。

例 不便だってかまわないよ。

就算不方便也沒關係。

. . . .

例 強い人だって勝てるわよ。

再強的人我都能打贏。

. . . .

例 時間はいつだっていいんだ。

不論什麼時間都無所謂。

. . . .

③ 省略「い」或變成「い」

1

ている → てる
在…、正在…、…著

▶ [動詞て形＋てる]。表示動作、作用在繼續、進行中；反覆進行的行為跟習慣；發生變化後結果所處的狀態。「てる」是「ている」的口語形，就是省略了「い」的發音。

例 何をしてるの？
なに

你在做什麼呀？

……………………………………………………………………

例 切符はどこで売ってるの？
きっぷ　　　　　　う

請問車票在哪裡販售呢？

……………………………………………………………………

2

ていく → てく
去…、…下去、或不翻譯

▶ [動詞て形＋てく]。「ていく」的口語形是「てく」，就是省略了「い」的發音。表示某動作或狀態，離說話人越來越遠地移動或變化，或從現在到未來持續下去。

例 車で送ってくよ。
くるま　おく

我開車送你過去吧。

……………………………………………………………………

● 「乗せてって」是「乗せていって」省略「い」的變化形式。

例 お願い、乗せてって。
ねが　　　　　の

求求你，載我一程嘛。

……………………………………………………………………

3

> ## それで → そいで
> ### 因此…、結果…

▶「それで」的口語形是「そいで」，這是由發音的訛變而來的。是為了延續話題的接續詞；或是因為前項的理由，自然產生後項的結果。

🔲 **そいで、どうしたの？**

　　那，後來怎麼了？

. . . .

🔲 **雪<ruby>ゆき</ruby>が降<ruby>ふ</ruby>った。そいで、飛行機<ruby>ひこうき</ruby>が遅<ruby>おく</ruby>れた。**

　　下了雪。因此，飛機誤點了。

. . . .

❹ 連音

1

> ## ておく → とく
> ### 先…、…著

▶ 說話速度一快，就很容易就將二個字併做一個字唸，造成連音現象。「とく」是「ておく」的連音口語形，就是把「てお」(teo) 說成「と」(to)，省掉「e」音。「て形」就說成「といて」。表示先做準備；或做完某一動作後，留下該動作的狀態。

▶ 如果用命令形「とけ」就有粗魯命令語氣，是強調自己的意志或臨走時撂下狠話的表現。

▶「ま、な、が、ば行」動詞的變化是由「でおく」變為「どく」。

🔲 **僕<ruby>ぼく</ruby>のケーキも残<ruby>のこ</ruby>しといてね。**

　　記得也要幫我留些蛋糕喔。

. . . .

例 忘れるといけないから、今、薬を飲んどいて。

忘了就不好了，先把藥吃了吧。

・・・・・・・・・・・・・・・・・・・・・・・・・・・・・・・・・・・・

例 よーく覚えとけよ。

你給我記着啊！

・・・・・・・・・・・・・・・・・・・・・・・・・・・・・・・・・・・・

2 てあげる → たげる
給…做、為…做、幫…做

▶ [動詞た形＋げる]；[ま行、な行、が行、ば行動詞＋んだげる]。「たげる」是「てあげる」的連音口語形，就是把「てあ」(tea) 說成「た」(ta)，省掉「e」音。表示說話人（或說話人一方）的行為使他人受益、得到恩惠。

● 要注意這個說法只能對關係親密的平輩或晚輩使用，否則會有不禮貌的感覺。

例 もう遅いから、桜子を家まで送ったげなさいよ。

已經很晚了，送櫻子回家吧！

・・・・・・・・・・・・・・・・・・・・・・・・・・・・・・・・・・・・

例 タクシー、呼んだげようか。

我來幫你叫計程車吧！

・・・・・・・・・・・・・・・・・・・・・・・・・・・・・・・・・・・・

5 變短

▶ 口語的表現，就是求方便，聽得懂就好了，所以容易把音吃掉，
變得更簡短，或是改用比較好發音的方法。如下：

1

けれども → けど
但是，不過

ところ → とこ
地方；馬上；正在；剛剛

すみません → すいません
對不起

わたし → あたし
我

このあいだ → こないだ
之前

2

例 <ruby>音楽会<rt>おんがくかい</rt></ruby>の<ruby>切符<rt>きっぷ</rt></ruby>あるんだけど、どう？

我有音樂會的票，要不要一起去呀？

例 <ruby>今<rt>いま</rt></ruby><ruby>迷<rt>まよ</rt></ruby>っているとこなんだ。

我現在正猶豫不決。

例 あたし、<ruby>料理<rt>りょうり</rt></ruby>が<ruby>苦手<rt>にがて</rt></ruby>なのよ。

我的廚藝很差。

6 長音相關

▶ 把長音發成短音，也是口語的一個特色。總之口語就是一個求方便、簡單。

● 日劇中常聽到「すげー」、「やべー」等，但這類用法給人較粗魯、陽剛的印象，女生不太會這樣使用。

1

ai → e；ui → i；oi → e 等

かい → けー
ka i   ke

例 でかい → でけー／好大的

ごい → げー
go i   ge

例 すごい → すげー／可怕的；了不起的

さい → せー
sa i   se

例 うるさい → うるせー／吵鬧的

たい → てー
ta i   te

例 あいたい → あいてー／想見面

つい → ちー
tsu i   chi

例 暑い → あちー／熱的
　　あつ

どい → でー
do i   de

例 しんどい → しんでー／吃力

ます → まー
masu   ma

例 お願いします → お願いしまー／拜託了。
　 ねが　　　　　　　 ねが

むい → みー
mu i   mi

例 寒い → さみー／寒冷
　　さむ

---

^{nai}ない → ^{ne}ねー

例 あぶない → あぶねー／危險

^{ru i}るい → ^{ri}りー

例 軽い → かりー／輕的

^{wa i}わい → ^eえー

例 よわい → よえー／弱；軟弱

^{shinasa i}しなさい、^{shiro}しろ → ^{se}せー

例 早くしなさい → 早くせー／快點做！

^{te i u}ていう、^{to i u}という → ^{tsu}つー

例 というか → つーか／話說回來呢

なんというか → なんつーか／怎麼說呢？

---

2 **長音短音化**

例 ありがとう → ありがと

謝謝！

例 さようなら → さよなら

再見！

例 そうだね → そだね。

我同意。

例 でしょう？ → でしょ？

對嗎？

例 さあ、行こう → さ、行こ！

快走吧！

例 いっしょ（う）けんめいやる。

會拚命努力去做。

例 今日、けっこ（う）歩くね。

今天要走不少路哪。

3　長音化

● 把部分音拉長，可藉此表現出強調的語氣，讓情緒傳達更加生動。

例 そっと → そうっと

悄悄地；偷偷地

例 冷たい → 冷たーい

寒冷

例 どんでもない → どんでもなーい。

豈有此理。

7 促音化

▶ 口語中為了說話表情豐富，或有些副詞為了強調某事物，
而有促音化「っ」的傾向。如下：

1

こちら → こっち
這裡；這位

そちら → そっち
那裡；那位

どちら → どっち
哪裡；哪位

どこか → どっか
某處；總覺得

すごく → すっごく
非常

ばかり → ばっかり
光、淨；左右

やはり → やっぱり、やっぱ、やっぱし
果然；畢竟

くて → くって
例 よくて → よくって／好的

やろうか → やろっか
我們開始做吧

● 此用法用於形容
詞時，有強調、
加強程度的作用
喔。

大嫌い → だいっ嫌い
最討厭

すごい → すっごい
了不起的；可怕的

でかい → でっかい
好大的

熱い → あっつい
熱、燙的；熱心的

大きい → おっきい
大的

小さい → ちっちゃい
小的

2

です → っす
例 楽しいです → 楽しいっす／很有趣。

ということで → ってことで
例 ってことで大丈夫ですね／所以沒關係是吧！

ばかり → ばっか
例 買い物ばっかしてる／老是在買東西。

3

例 **こっちにする、あっちにする？**

要這邊呢？還是那邊呢？

- -

例 **じゃ、どっかで会いましょうか。**

那麼，我們找個地方碰面吧？

- -

例 **あの子、すっごくかわいいんだから。**

那孩子實在是太可愛了。

- -

❽ 撥音化

1

加入「ん」

▶ 加入撥音「ん」有加入感情強調的作用，也是口語的表現方法。如下：

(1) あまり → あんまり

（不）怎樣

- -

おなじ → おんなじ

相同，一樣

- -

そのまま → そのまんま

照原樣

- -

みな → みんな

大家；全都

- -

(2) 例 家からあまんり遠くないほうがいい。

最好離家不要太遠。

例 大きさがおんなじぐらいだから、間違えちゃいますね。

因為大小尺寸都差不多，所以弄錯了呀。

2

ら行 → ん

● 對日本人而言，「ん」要比「ら行」的發音容易喔。

▶ [動詞て形・形容詞くて＋なんない]；[形容動詞＋でなんない]。口語中也常把「ら行」的「ら、り、る、れ、ろ」變成「ん」。如：「やるの → やんの」；「わからない → わかんない」；「お帰りなさい → お帰んなさい」；「信じられない → 信じらんない」。後3個有可愛的感覺，雖然男女都可以用，但比較適用女性跟小孩。

▶ 另外，口語中「な、に」也會變成「ん」。

(1) **あるの → あんの**

例 どこにあんの／哪裡有呢？

するの → すんの

例 何すんの／你幹嘛啊！

するな → すんな

例 邪魔すんな／你別妨礙我！

それで → そんで

例 そんで遅れちゃった／因此，遲到了。

それじゃ → そんじゃ

例 そんじゃさようなら、またね／那麼拜囉！回頭見啦！

らない → んない

例 わかんない／不知道。

られない → らんない

例 忘れらんない／忘不了。

あなた → あんた

例 あたしもあんたがほんとに好きだ／我也真的喜歡你。

になる → んなる

例 だめんなっちゃった／搞砸了。

(2) 例 信じらんない、いったいどうすんの？

真不敢相信！到底該怎麼辦啊？

例 この問題難しくてわかんない。

這一題好難我看不懂。

3

の → ん

▶ 口語時，如果前接最後一個字是「る」的動詞，「る」常變成「ん」，而且，在 [t]、[d]、[tʃ]、[r]、[n] 前的「の」在口語上有發成「ん」的傾向。另外，[動詞普通形＋んだ]。這是用在表示說明情況或強調必然的結果，是強調客觀事實的句尾表達形式。「んだ」是「のだ」的口語撥音變形式。

● 這是「某人的家」口語的常見說法，助詞「の」變成「ん」，「家（うち）」變成「ち」。

のうち→んち

例 **君<ruby>ん<rt>きみ</rt></ruby>ち**／你家。

例 **今から出かけるんだ。**

我現在正要出門。

. . . .

例 **もう時間なんで、失礼するわ。**

時間已經差不多了，容我先失陪。

. . . .

例 **ここんとこ、忙しくて。**

最近非常忙碌。

. . . .

4

ない → ん

▶「ない」說文言一點是「ぬ」（nu），在口語時脫落了母音「u」，所以變成「ん」（n），也因為是文言，所以說起來比較硬，一般是中年以上的男性使用。

例 **来るか来ないかわからん。**

我不知道他會不會來。

. . . .

例 **間に合うかもしれんよ。**

說不定還來得及啊。

. . . .

❾ 拗音化

▶ [上、下一段動詞連用形＋りゃ]；[五段動詞連用形＋ゃ]；
[します → すりゃ]；[きます → くりゃ]。「れは」變成
「りゃ」、「れば」變成「りゃ」也是口語拗音化的表現方
式。這種說法讓人有「粗魯」的感覺，大都為中年以上
的男性使用。常可以在日本人吵架的時候聽到喔！如下：

1

これは → こりゃ

這

それは → そりゃ

那

れば → りゃ

的話

例 食べれば → 食べりゃ／吃的話

2

例 こりゃ難しいや。

這下可麻煩了。

例 そりゃ大変だ。急がないと。

那可糟糕了，得快點才行。

例 そんなにやりたきゃ、勝手にすりゃいい。

如果你真的那麼想做的話，那就悉聽尊便吧。

29

⑩ 省略開頭

▶ 說得越簡單、字越少是口語的特色。省略字的開頭也很常見。如下：

1

です → す
是；或不翻譯

だけど → けど
可是

それで → で
因此

いやだ → やだ
不喜歡

まったく →（っ）たく
實在；完全

ところで → で
可是；即便

よっしゃー → っしゃー
太棒了！

こんにちは → ちは
你好！

いらっしゃい → らっしゃい
歡迎！

● 日劇中時常一開口就是「で」，例如「で、どうなった？」就是「それで」的省略，在此表示「所以、然後」的意思。

そうかと言って → かと言って

雖說如此

ふざけんなよ → ざけんなよ！

開什麼玩笑！

そんなわけない → なわけない！

得了吧！不可能會那樣。

2

例 丸いのはやだ。

人家不要圓的啦！

例 ったく、人をからかって。

真是的，竟敢嘲弄我！

例 そうすか、では、お言葉に甘えて。

是哦，那麼，就恭敬不如從命了。

⑪ 省略字尾

▶前面說過，說得越簡單、字越少就是口語的特色。省略字尾也很常見喔。如下：

● 「う」的省略後面接疑問句時會加「っか」，變成「帰ろっか」，意思是「回家吧」。

1

例 帰_{かえ}ろう → 帰_{かえ}ろ

回去吧！

例 でしょう → でしょ（だろう → だろ）

你說對嗎？

例 ほんとう → ほんと

當真！

例 ありがとう → ありがと

謝謝！

2

例 きみ、独身_{どくしん}だろ？

你還沒結婚吧？

例 ほんと？どうやるんですか。

真的嗎？該怎麼做呢？

12 母音脫落

▶ 母音連在一起的時候，常有脫落一個的傾向。如下：

ほうがいいんです → ほうが**イ**んです。

（いい → 「i i → i（イ）」）

這樣比較好。

. . . .

やむをえない → や**モ**えない。

（むを → 「mu o → mo（モ）」）

不得已。

. . . .

このあいだ → こ**ナ**いだ。

（のあ → 「no a → na（ナ）」）

前一段時間。

. . . .

13 省略助詞

1

を

▶ 在口語中，常有省略助詞「を」的情況。

例 ご飯（を）食べない？

要不要吃飯呢？

. . . .

例 いっしょにビール（を）飲まない？

要不要一起喝杯啤酒呢？

. . . .

● 統整可以省略的助詞只有「を、が、に、へ、は」5 個，其他的助詞則不行。

2

が、に（へ）

▶ 如果從文章的前後文內容來看，意思很清楚，不會有錯誤時，常有省略「が」、「に（へ）」的傾向。其他的情況，就不可以任意省略喔。

例 おもしろい本（が）あったらすぐ買うの？

要是看到有趣的書，就會立刻購買嗎？

- -

例 コンサート（に／へ）行く？

要不要去聽演唱會呢？

- -

例 遊園地（に／へ）行かない？

要不要去遊樂園呢？

- -

3

は

▶ 提示文中主題的助詞「は」在口語中，常有被省略的傾向。

例 昨日のパーティー（は）どうだった？

昨天的派對辦得怎麼樣呢？

- -

例 学校（は）何時からなの？

學校幾點上課？

- -

⑭ 縮短句子

1　てください → て；ないでください → ないで
請…；請不要…

▶ 簡單又能迅速表達意思，就是口語的特色。請求或讓對方做什麼事，口語的說法，就用這裡的「て」（請）或「ないで」（請不要）的縮短句子的形式。

例 **智子、辞書持ってきて。**

智子，把辭典拿過來。

･･

例 **何も言わないで。**

什麼都別說。

･･

2　なくてはいけない → なくては；
なくちゃいけない → なくちゃ；
ないといけない → ないと
…不行；…不行；…不行

▶ 表示不得不，應該要的「なくては」、「なくちゃ」、「ないと」都是口語縮短句子的形式。朋友和家人之間，簡短的說，就可以在很短的時間，充分的表達意思了。

例 **本当は先月返さなくては。**

其實上個月就該歸還的。

･･

例 **皆さんに謝らなくちゃ。**

得向大家道歉才行。

･･

例 **もう急がないと。**

再不快點就來不及了。

･･

3

たらどうですか → たら；
ばいいですよ → ば；てはどうですか → ては
都有「…如何、去…看看」的意思。

▶「たら」、「ば」、「ては」都是省略後半部，是口語常有的說法。都有表示建議、規勸對方的意思。朋友和家人之間，由於長期生活在一起，有一定的默契，所以話可以不用整個講完，就能瞭解意思啦！

例 難しいから、先生に聞いてみたら？

這部分很難，去請教老師看看？

. . . .

例 電話してみれば？

乾脆打個電話如何？

. . . .

例 食べてみては？

要不要吃看看呢？

. . . .

4

かもしれない → かも
或許…、可能…

●「かもしれない」也會被縮為「かもしれん」，就會變成偏男性的用語了。

▶「かも」省略了後面的部分，是口語非常普遍的縮短句子的說法。表示說話人針對某事情，推測有那樣的可能性。說話者多半沒太大把握的表現。它是推測說法中，可能性最低的一種。

例 今日は会社に遅れるかも。

今天上班或許會遲到。

. . . .

例 日曜日も雪が降るかも。

星期日可能會下雪。

. . . .

5

ないといけない → ないと
得…、不…不行

▶ 表示說話人對某事必須做出某行動。在日常會話中日本人之間很少完整地將「ないといけない」表達出來。多數情況下會只說「ないと」，省略了後面的部分。

例 明日は早いから、そろそろ寝ないと。

　　明天得早起，我差不多得睡了。

---

⑮ 曖昧的表現

1

でも
…之類、…等等

▶ 說話不直接了當，給自己跟對方留餘地是日語的特色。「名詞＋でも」不用說明情況，只是舉個例子來提示，暗示還有其他可以選擇。

例 ねえ。犬でも飼う？

　　我說呀，要不要養隻狗呢？

例 コーヒーでも飲む？

　　要不要喝杯咖啡？

2

なんか
…之類、…等

▶ [名詞＋なんか]。是不明確的斷定，說的語氣婉轉，這時相當於「など」。表示從多數事物中特舉一例類推其它，或列舉很多事物接在最後。

例 納豆なんか、どう？体にいいんだよ。

要不要吃納豆？有益健康喔！

例 これなんかおもしろいじゃないか。

像這個不是挺有意思的嗎？

---

3 たり
有時…，有時…；又…又…

▶「（名詞・形容動詞）た形＋たり；（動詞・形容詞）た形＋り」。表示列舉同類的動作或作用。

例 夕食の時間はいつも7時だったり8時だったりして、決まっていません。

晚餐的時間有時候是7點，有時候是8點，不太一定。

例 最近、天気は暑かったり、寒かったりだから、風邪を引かないようにね。

最近的天氣時熱時冷，小心別感冒囉！

● 這裡暗示除了聽音樂之外，還有做其他事情，只是舉出其中一例而已。

例 休日はいつも部屋で音楽聞いたりしているよ。

我假日總是在房間裡聽音樂喔。

---

4 とか
…啦…啦、…或…

▶「名詞；（動詞・形容詞・形容動詞）普通形＋とか」。表示從各種同類的人事物中選出一、兩個例子來說，或羅列一些事物。

例 ねえ、君、彼女とかいるの？

問你啊，你有沒有女朋友啊？

例 なぜ頭が痛いの？お父さんの会社、危ないとか？

你為什麼頭疼呢？難道是你爸爸的公司面臨倒閉的危機嗎？

例 休みの日はテレビを見るとか、本を読むとかするのが多かった。

假日時，我多半會看看電視或是看看書。

5
し
因為…

▶「（動詞・形容詞・形容動詞）普通形＋し」表示構成後面理由的幾個例子。

例 今日は暇だし、それに天気もいいし、どっか行こうよ。

今天沒什麼事，天氣也晴朗，我們挑個地方走走吧！

例 今年は、給料も上げるし、結婚もするし、いいこといっぱいだ。

今年加了薪又結了婚，喜事連連。

16 語順的變化

● 日文中也有類似中文倒裝的用法，透過調換語順，可以給人一種聚焦的感覺。

1 感情句移到句首

▶ 迫不及待要把自己的喜怒哀樂，告訴對方，口語的表達方式，就是把感情句放在句首。

例 優勝できておめでとう。

→ おめでとう、優勝できて。

恭喜榮獲冠軍！

‧‧

例 その日行けなくて仕方ないよね。

→ 仕方ないよね、その日行なくて。

那天沒辦法去也是無可奈何的事呀。

‧‧

2 先說結果，再說理由

▶ 對方想先知道的，先講出來，就是口語的常用表現方法了。

例 格好悪いから嫌だよ。

→ 嫌だよ、格好悪いから。

那樣很遜耶，我才不要哩。

‧‧

例 日曜日だから銀行休みだよ。

→ 銀行休みだよ、日曜日だから。

因為星期天，銀行沒營業呀。

‧‧

3

疑問詞移到句首

▶ 有疑問，想先讓對方知道，口語中常把疑問詞放在前面。

例 これは何^{なに}？
→ 何^{なに}、これ？

這是什麼？

例 時計^{とけい}はどこに置^おいたんだろう。
→ どこに置^おいたんだろう、時計^{とけい}？

不知道手錶放到哪裡去了？

4

自己的想法、心情部分，移到前面

▶ 最想讓對方知道的事，如自己的想法或心情部分，要放到前面。

例 その日用事^{ひようじ}があってごめん。
→ ごめん、その日用事^{ひようじ}があって。

那天剛好有事，抱歉。

例 中^{なか}に持^もって来^きちゃだめ。
→ だめ、中^{なか}に持^もって来^きちゃ。

不可以帶進室內！

5

副詞或副詞句，移到句尾

▶ 句中的副詞，也就是強調的地方，為了強調、叮嚀，口語中會移到句尾，再加強一次語氣。

● 副詞放於句尾，
有再次強調的效
果。

例 ぜひお試（ため）しください。

→ お試（ため）しください、ぜひ。

請務必試試看。

・・・・・・・・・・・・・・・・・・・・・・・・・・・・・・・・・・・・

例 ほんとは、僕（ぼく）も行（い）きたかったな。

→ 僕（ぼく）も行（い）きたかったな。ほんとは。

其實我也很想去哪。

・・・・・・・・・・・・・・・・・・・・・・・・・・・・・・・・・・・・

⑰ 其他

1 重複的說法

▶ 為了強調說話人的情緒，讓聽話的對方，能馬上感同身受，口語中也常用重複的說法。效果真的很好喔！如「だめだめ」（不行不行）、「よしよし」（太好了太好了）等。

例 へえ、これが作り方の説明書か。どれどれ。

是哦，這就是製作方法的說明書嗎？我瞧瞧，我瞧瞧。

例 ごめんごめん！待った？

抱歉抱歉！等很久了嗎？

2 「どうぞ」、「どうも」等固定表現

▶ 日語中有一些固定的表現，也是用省略後面的說法。這些說法可以用在必須尊重的長輩上，也可以用在家人或朋友上。這樣的省略說法，也是一種尊敬，又能讓對話很順暢。

例 どうぞお大事にしてください
→ どうぞお大事に。

身體請多加保重。

例 どうぞご心配しないでください。
→ どうぞご心配なく。

請不要擔心。

例 どうもありがとう。

→ どうも。

謝謝。

- -

3 口語會話常用表現（一）

▶「っていうか」相當於「要怎麼說…」的意思。用在選擇適當的說法的時候；「ってば」意思近似「ったら」，表示很想跟對方表達心情時，或是直接拒絕對方，也用在重複同樣的事情，而不耐煩的時候。相當口語的表現方式。

例 山田君<ruby>山田<rt>やまだ</rt></ruby>くんって、<ruby>山男<rt>やまおとこ</rt></ruby>っていうか、<ruby>素朴<rt>そぼく</rt></ruby>で、<ruby>男<rt>おとこ</rt></ruby>らしくて。

該怎麼形容山田呢？他像個山野男兒，既樸直又有男子氣概。

- -

例 そんなに<ruby>怒<rt>おこ</rt></ruby>るなよ、<ruby>冗談<rt>じょうだん</rt></ruby>だってば。

你別那麼生氣嘛，只不過是開個玩笑而已啦！

- -

● 常見的還有「わかったってば」，當他人一直重複提醒，感到不耐煩時就會出現這一句。

4 口語會話常用表現（二）

▶「なにがなんだか」強調完全不知道之意。另外，沒有加上頭銜、小姐、先生等，而直接叫名字的，是口語表現的另一特色，特別是在家人跟朋友之間。

例 <ruby>難<rt>むずか</rt></ruby>しくて、<ruby>何<rt>なに</rt></ruby>が<ruby>何<rt>なん</rt></ruby>だかわかりません。

太難了，我完全摸不著頭緒。

- -

例 みか、どの家（いえ）がいいと思（おも）う？

美佳，妳覺得哪間房子比較好呢？

例 まゆみ、お父（とう）さんみたいな人（ひと）と付（つ）き合（あ）うじゃない。

真弓，絕不可以跟像妳爸爸那種人交往！

5　　　　口語常用接頭詞

激（げき）～：とても／很、非常（ひじょう）に／非常
　例 激（げき）うま／超級好吃

絶（ぜっ）～：とても／很、非常（ひじょう）に／非常
　例 絶好調（ぜっこうちょう）／狀態絕佳

大（おお）～：とても／很、非常（ひじょう）に／非常
　例 大（おお）うそつき／大騙子

超（ちょう）～：とても／很、非常（ひじょう）に／非常
　例 超面白（ちょうおもしろ）い／超有趣

ど～：とても／很、非常（ひじょう）に／非常
　例 どアホ／大笨蛋

バカ～：とても／很、非常（ひじょう）に／非常
　例 バカ売（う）れ／發燒熱賣

爆（ばく）～：とても／很、非常（ひじょう）に／非常
　例 爆買（ばくが）い／瘋狂購買

●「ぶっ」給人的
觀感有些粗魯,
不太好聽,因此
要挑對象和場合
謹慎使用。

ぶっ～：荒々しく／粗暴
例 ぶっ壊す／砸爛

ぶち～：荒々しく／粗暴
例 ぶち壊す／打爛

ブチ～：少し／少許
例 ブチ整形／微整形,小整形

MEMO

Part 2 | 口語會話

01

どうぞよろしく。

doozo yoroshiku.

☞ 請多多指教。

A

初次見面，我是田中。請多多指教。

はじめまして、田中です。どうぞよろしく。

hajimemashite, tanaka desu. doozo yoroshiku.

初次見面，我姓楊。也請您多多指教。

はじめまして、楊です。
こちらこそよろしくお願いします。

hajimemashite, yoo desu.

kochira koso yoroshiku o-negai shimasu.

B

Point

▶ 在日本自我介紹時，通常要先說幾句簡單的應酬話，如「はじめまして」（初次見面），再報上自己的姓名，再接著說「どうぞよろしく」（請多多指教）。之後一般也加上自己的國籍、職業等。

▶ 日本人的姓名，一般都是漢字，所以自我介紹時，通常會介紹是哪個漢字。可以透過具有特色的說明方式，讓對方記憶深刻喔！當然希望對方能記住自己的名字，可以加上國籍、興趣還有現在的住處。如果有共通點，那麼對方一定對你印象深刻了。

補充單字

▪ **はじめまして**／初次見面（和對方第一次見面時說的問候語） ▪ **どうぞ**／請（表示請求、委託等） ▪ **よろしく**／關照，指教 ▪ **こちら**／這邊（語感比こっち、ここ還要鄭重） ▪ **こそ**／才是（用來強調、區別） ▪ **お願いします**／拜託（表示請求，原形是「願う」）

2 おはようございます。
ohayoo gozaimasu.

⋯⋯⋯⋯⋯⋯⋯⋯⋯⋯⋯⋯⋯⋯⋯⋯⋯⋯⋯⋯ ☞ 早安。

A

早安。

おはようございます。
ohayoo gozaimasu.

今天天氣真好呢。

今日はいいお天気ですね。
kyoo wa ii o-tenki desu ne.

B

Point

▶「おはよう」跟「こんにちは」(你好，日安) 是日常生活中最簡單，且最基本的寒暄用語。但是「こんにちは」只對外人，不對家人說喔。另外，「おはよう」除了「早安」的意思以外，也用在例如輪班制的公司，晚班的人一進公司的招呼。這時候意思是「我要開始上班了」喔！

補充單字

- おはようございます／早安 (語感比オッス、おはよう還鄭重)　　今日／今天
- いい／好的　　お～／接在名詞前面，表示尊敬、鄭重及美化　　天気／天氣
- ～ね／呢，呀 (語氣帶有尋求對方的同意、說服對方認同的感覺)

49

3 **ただいま。**
tadaima.

☞ 我回來了。

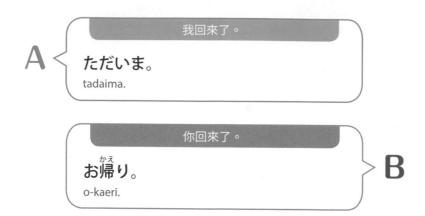

A
> 我回來了。
>
> **ただいま。**
> tadaima.

> 你回來了。
>
> **お帰り。**
> o-kaeri.

B

Point

▶ 從外面回來時的寒暄用語。外出回來的時候，告訴家人或同事，你回來
啦！就用「ただいま。」（我回來了。）相對地，家裡的人或公司的同事，就
會回應說「お帰りなさい。」（你回來啦！）這是迎接回來的人的寒暄用語。

補充單字

▪ **ただいま**／我回來了（從外面回來時說的問候語）　▪ **お帰り**／你回來了（迎
接從外面回來的人的問候語）

4 この間はどうも。
あいだ

kono aida wa doomo.

🎧01

☞上回真是謝謝您。

A

上回真是謝謝您。

この間はどうも。
あいだ

kono aida wa doomo.

B

我才是，蒙受您照顧了呢。

こちらこそ、お世話様でした。
せ わ さま

kochira koso, o-sewa-sama deshita.

Point

▶ 日本人在隔一些時間再與朋友見面時，為了感謝之前見面時，對方的關照，常用「この間はどうも。」（上回感謝您啦！）

▶ 另外，「先日は失礼しました」（前幾天實在很抱歉）也很常用。這是日本人認為人都不是十全十美的，儘管自己百般小心，相處時言行、舉止上難免會有疏忽。因此，再次見面時，跟對方表示，如果上回有失禮之處，請多多包涵啦！

補充單字

▪ **この間**／前幾天，前陣子　▪ **どうも**／謝謝（表示感謝或歉意，較隨意的講法）
あいだ

▪ **こそ**／才是（用在強調某事的時候）　▪ **お世話様でした**／受到您的照顧，承
せ わ さま

蒙關照

51

5 お疲れ様。
つか さま
o-tsukare-sama.

· ☞ 辛苦了。

A
那麼我先走了。

先に失礼します。
さき しつれい
saki ni shitsuree shimasu.

辛苦了。

お疲れ様。
つか さま
o-tsukare-sama.
B

Point

▶ 一天工作告一段落，要先下班了，日本人習慣跟還在工作的人說聲「先に
失礼します。」（我先走了，抱歉）。至於還在工作的人，就會回應說「お疲
れ様。」（辛苦了），來慰勞對方一天的辛苦。記得喔！「お疲れ様。」通常
不用在對上司或長輩的。

補充單字

▪ **先**／先 ▪ **失礼します**／失陪，再見（要離開某地方時，對還在該地的人說的問
さき しつれい
候語） ▪ **お疲れ様**／辛苦了（對上司、同輩、下屬都可以使用） ▪ **ご苦労様**／辛
つか さま く ろうさま
苦了（上司對下屬使用）

6 どうもすみません。

doomo sumimasen.

• ☞ 真是謝謝你了。

A

老奶奶，你手帕掉了唷。

おばあちゃん、ハンカチ落<ruby>落<rt>お</rt></ruby>としましたよ。

obaa-chan, hankachi otoshimashita yo.

B

啊啊，真是謝謝你了。

ああ、これはどうもすみません。

aa, kore wa doomo sumimasen.

Point

▶「すみません」在這裡是表示感謝的意思，加上「どうも」更加深了感謝之情。這句話包含了自己給別人添麻煩的歉意，也包含了感謝之情。另外，「すみません」也用在到商店買東西、跟別人問路時，先禮貌地說聲「すみません」再進入話題的時候。

補充單字

• **おばあちゃん**／老奶奶（「ちゃん」用來稱呼人，比「さん」更有親切感） •**ハンカチ**／手帕（外來語，大多以片假名呈現） •**落<ruby>落<rt>お</rt></ruby>としました**／掉了（「落とす」過去式的鄭重說法，這裡表示手帕掉到地上了） •**～よ**／啊（用來加強語氣，提醒對方某事） •**ああ**／啊（因感情的變動而發出的聲音，這裡是指老奶奶恍然大悟而發出的聲音） •**どうもすみません**／真是不好意思，真是謝謝

7 ありがとう。

arigatoo.

☞ 謝謝。

A <
第一份工作恭喜你啦！

はつ し ごと
初仕事おめでとう。
hatsu-shigoto omedetoo.

謝謝。

ありがとう。
arigatoo.
> B

Point

▶ 得到別人的幫忙就用這句話感謝對方吧！當然，請對方幫忙，儘管對方無能為力，也別忘了一句「謝謝」；服務生為你端上咖啡時，也來句「謝謝」；當你要下公車時，也跟公車司機說聲「謝謝」。多說這句話，你的人緣會更好喔！

補充單字 ●●●●●●●
・はつ
初／最初，第一個　　・しごと
仕事／工作　　・**おめでとう**／恭喜（後接「ございます」就更尊敬）　　・**ありがとう**／謝謝，感謝（後接「ございます」就更尊敬）

8 それはそれは。

sore wa sore wa.

· ☞ 真是太客氣了。

A

> 這個，一點小東西不成敬意。請大家一起享用吧。

これ、つまらないものです。どうぞ、
皆_なさんで。

kore, tsumaranai mono desu. doozo, mina-san de.

> 真是太客氣了。

それはそれは。

sore wa sore wa.

B

Point

▶「それはそれは。」(真是太客氣了)用在十分感嘆或吃驚到無法形容的時候。這裡表示接受到對方送的禮物，感到非常高興。

▶送禮時，不管禮物的貴賤與否，日本人為了表示謙虛、客氣，習慣說「つまらないものです」(實在不是什麼值錢的東西)。還有，這裡的「どうぞ」了，這裡用在勸誘對方收下禮物。

補充單字

▪**これ**／這個 (指說話的一方眼前、所提到的東西) ▪**つまらない**／不值錢，沒什麼價值 (在這裡表謙虛的語感) ▪**もの**／東西，事物 (有形、無形的都包括。這裡是指有形的東西) ▪**皆_なさん**／各位，大家 ▪**それはそれは**／可真是…啊 (表示沒辦法形容、非常感嘆的語感)

⑨ ちょっと聞きたいんですけど。 02

chotto kikitai n desu kedo.

☞ 請問一下。

A 不好意思，請問一下。

あのう、ちょっと聞きたいんですけど。

anoo, chotto kikitai n desu kedo.

嗯，什麼事呢？

はい、何でしょうか。

hai, nan deshoo ka.

B

Point

▶ 不知道路怎麼走，或有不懂的事情，想問人家，就用「ちょっと聞きたいんですけど」（借問一下）。「ちょっと」（喂，您啊）有提示作用，在向別人打聽事情時，可以用來引起對方注意。「ちょっと」在日常對話中，雖然沒有什麼意思，但它可以讓講話的語氣變得更為委婉喔！

▶ 想要跟別人要求某事的時候，句尾用「んですけど」，會讓語氣更加婉轉。「ですけど」也有逆接的意思。

補充單字

▪ あのう／不好意思，嗯…（發言時稍停頓一下，使對方注意的發語詞）

▪ ちょっと／一會，一下下　▪ 聞きたい／請問，打聽（表示說話的人想要做「聞く」這個動作）　▪ はい／是（應答時用，表示讓對方知道自己有聽到）　▪ 何／什麼（表示疑問）　▪ でしょう／表示委婉的判定（比「だろう」更鄭重的說法）

10 サンキュー。

sankyuu.

☞ Thank you.

（02）

潔思明，你今天也很美呢。

A ジャスミン、今日も綺麗だねえ。
jasumin, kyoo mo kireeda nee.

Thank you.

サンキュー。
sankyuu.

B

Point

▶ 表示感謝的寒暄語，音譯自英文的「thank you」，相當於「ありがとう」（謝謝）。

補充單字

▪ **今日**／今天　▪ **も**／也（是）　▪ **綺麗**／漂亮　▪ **〜ねえ**／呀！（表示輕微的感嘆）　▪ **サンキュー**／謝了（外來語，多以片假名呈現）

11 # オハヨーッス。
ohayoossu!

· ☞ 早啊！

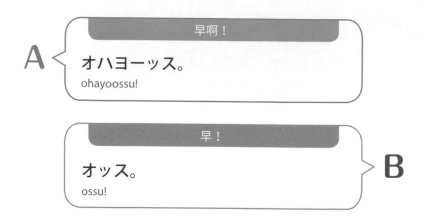

早啊！

A オハヨーッス。
ohayoossu!

早！

オッス。
ossu!
B

Point

▶ 早上跟別人碰面，當然要打聲招呼囉！「オハヨーッス」是「おはようございます」（早安）的簡略說法。至於男同學，或年輕男子朋友之間，就說得更簡短用「オッス」。很酷吧！相對地，「おやすみなさい」（晚安）是晚飯後睡覺前的一句寒暄用語。

補充單字 ·

▪ **オハヨーッス**／早啊！（おはようでございます的口語）　▪ **オッス**／早！（比オハヨーッス更口語）

12 # バイバイ。 **02**

bai bai.

☞ 拜拜。

A ┤
差不多該走了。

そろそろもう行かなきゃ。

sorosoro moo ikanakya.

這樣啊。拜拜。

そう。バイバイ。

soo, baibai.

B

Point

▶「バイバイ」是音譯自英文的「bye-bye」(再見),相當於「さようなら」,是分手說再見的寒暄用語。「バイバイ」通常用在小孩或關係比較親密的人之間。

▶「なきゃ」是「なければ」的口語形。表示義務和責任。無論是自己或對方,從社會常識或事情的性質來看,不那樣做就不合理,有義務要那樣做。多用在跟自己比較親密的人,輕鬆交談的時候。

補充單字

▪ **そろそろ**／差不多該,就要 ▪ **もう**／已經(表示時間已快要到) ▪ **行かなきゃ**／不走不行(「行かなくては」的口語縮約形) ▪ **そう**／是嗎(意思同「そうですか」) ▪ **バイバイ**／拜拜,再見(外來語,大多以片假名呈現)

13 申し訳ありません。

もう わけ

mooshiwake arimasen.

🎧 02

☞ 真是抱歉。

A ❬
你遲到了啊，片口。

遅刻だぞ、片口。
ちこく　　　かたぐち

chikokuda zo, kataguchi.

真是抱歉。

申し訳ありません。
もう　わけ

mooshiwake arimasen.
❭ **B**

Point

▶ 對不起的說法，以表達歉意的程度有：用在有較大的失誤，給對方帶來麻煩時的「申し訳ありません」（十分對不起）；不小心碰到別人的肩膀或請別人讓路時用「失礼します」（失禮了）；如果不小心踩到別人的腳，就說「すみません」（對不起）。

補充單字

・**遅刻**／遲到　・**〜ぞ**／啊！啦！（以強烈的語氣，使對方注意）　・**申し訳**／
ちこく
もう わけ
辯解，藉口　・**ありません**／沒有（「ない」的鄭重說法）

03

14 つよいわね。

tsuyoi wa ne.

················☞ 好堅強喔。

A 不管是工作還是愛情，我都是靠自己努力得來的。

仕事も恋も、自分で掴み取ってきた。
しごと　こい　　　　じぶん　つか　と

shigoto mo koi mo, jibun de tsukami totte kita.

好堅強喔！

つよいわね。

tsuyoi wa ne.

B

Point

▶ 表示精神上韌性很強，不會因為一些小事而被動搖。面對這樣一個無論是工作或戀愛，都自己努力爭取來的堅強對象，就這麼回應他吧！

補充單字·······

- **仕事**／工作　- **恋**／愛情　- **～も～も**／…也…也　- **自分**／自己　- **掴み取ってきた**／抓住，取得來的（「掴み取ってくる」的過去式）　- **つよい**／堅強，厲害

15 そうよね。

soo yo ne.

☞ 就是啊。

A

> 這邊的早市，東西真是糟糕。
> 東西並不是便宜就好的吧。

ここの朝市、ものが悪くて。
安けりゃいいってもんじゃないよね。

koko no asa-ichi, mono ga warukute.

yasukerya ii tte mon ja nai yo ne.

> 就是啊。

そうよね。

soo yo ne.

B

Point

▶「そうよね。」（就是啊！）表示同意對方的意見，同意什麼呢？就是東西便宜也不能這麼差啊！

▶ 想直接跟對方建議某事，但又含有責備、輕蔑的語氣，口語用「りゃいい」（…就好），「～りゃいい」是「～ればいい」的口語形。

補充單字

• 朝市／早市（賣青菜魚肉等早上營業的菜市場）　• もの／東西（這裡特指販賣的東西）　• 悪くて／不好、壞（「悪い」後接其他形容詞時的形態）　• 安けりゃいい／便宜就好（「安ければいい」的口語縮約形）　• ってもんじゃない／並不是…（「というものではない」的口語縮約形）　• そうよね／對啊（表示同意對方的說法時用）

16 道理で。
どう り

dooride.

··☞ 難怪。

A 一直以來，我一路上都只相信自己，不斷努力到現在。

ずっと、自分だけを信じて頑張ってきた。
じ ぶん　　　　しん　　　　がん ば

zutto, jibun dake o shinjite ganbatte kita.

難怪。

道理で。
どう り

dooride. **B**

Point

▶「道理で」是用在知道事物的原因、理由後，感到原來如此的時候。例如看到某人異常地高興，得知原因是中了樂透，就可以說「道理で、うれしいわけだ」（難怪會那麼高興）。這個對話的 B，後面省略了「誰も信じないわけだ」（對誰都不相信）。
だれ　　しん

補充單字

▪ **ずっと**／一直　▪ **だけ**／只（限定範圍的用法）　▪ **信じて**／相信（「信じる」後接其他詞性或是句子時的形態）　▪ **頑張ってきた**／努力過來的（「頑張ってくる」的過去式）　▪ **道理で**／難怪，怪不得
しん

がん ば

どう り

17 なるほど。

naruhodo.

⋯⋯⋯⋯⋯⋯⋯⋯⋯⋯⋯⋯⋯⋯⋯⋯⋯⋯⋯⋯ ☞ 原來如此。

A 　咦？這椅子已經壞了呀…？

あれ。この椅子（いす）もう壊（こわ）れちゃったの…。

are? kono isu moo koware chatta no…?

便宜貨嘛。

安物（やすもの）だからね。

yasumonoda kara ne.

B

A 　原來如此。

なるほど。

naruhodo.

Point

▶「なるほど」（原來如此）表示同意對方，自己也能理解、信服。用在對某一事物，自己也有過經驗，或以前聽說過，肯定地再次確認原來如此的時候。這個對話表示，A 以前也買過便宜的東西，然後不久就壞了。

▶「～ちゃった」是「～てしまった」的口語省略形。表示出現了說話人不願意看到的結果，含有遺憾、惋惜、後悔等語氣。

補充單字

・**あれ**／咦，哎呀，怪了（用在表示事情發展出乎意料時）　・**椅子（いす）**／椅子　・**壊（こわ）れちゃった**／壞掉了（「壊れてしまった」的口語縮約形，帶有無法復原、出乎意料的語氣）　・**安物（やすもの）**／便宜貨　・**だから**／所以　・**なるほど**／說的也是（聽過對方的話後恍然大悟，並表示認同對方的語感）

18 **そう。**

SOO.

• ☞ 是喔。

A

聽說那老師很嚴格。

あの先生厳しいんだって。
<small>せんせい きび</small>

ano sensee kibishii n datte.

是喔。

そう。

SOO.

B

Point

▶「そう」用在對對方的話感到輕微的驚訝的時候。有時候也用在對對方的話感到懷疑或迷惑的時候。

▶ 引用語＋「って」表示重複別人的話或據說，是從某特定的人或外界獲取的傳聞。這些話經常是直接聽到的，或自己說過的。語氣比較隨便，用在口語。男女都可以使用。相當於中文的「說」、「據說」。

補充單字 • • • • • •

▪ **あの**／那個（用來稱呼第三人稱、距離較遠的人或物）　▪ **先生**／老師　▪ **厳**
<small>せんせい</small>　　<small>きび</small>
しい／嚴格，嚴厲　▪ **だって**／聽說（引用別人那裡聽來的消息）　▪ **そう**／是
嗎（意思同「そうですか」）

19 そうね。

soo ne.

🎧 03

••• ☞ 對喔。

A
> 這花怎麼辦？裝飾起來嗎？
>
> この花どうすんの。飾っとくの。
> kono hana doo sun no? kazattoku no?

> 對喔。就放到那花瓶裡吧。
>
> そうね。あの花瓶に入れて。
> soo ne. ano kabin ni irete.
B

Point

▶「そうね。」表示同意、肯定對方的說法。也就是同意 A 的建議，把花擺起來。

▶「～っとく」是「～っておく」的口語省略形。表示考慮目前的情況，採取應變措施，將某種行為的結果保持下去。「…著」的意思；也表示為將來做準備，也就是為了以後的某一目的，事先採取某種行為。「先…」、「暫且…」的意思；如果是命令形「～とけ（～ておけ）」就用在強調自己的想法跟臨走前放狠話。例如：「覚えとけ！」（你給我記住！）。

補充單字

• どう／如何，怎樣（用於問句）　• すんの／怎麼辦？（「するですか」的口語縮約形；「の」是口語的問句語氣詞）　• 飾っとく／裝飾起來（「飾っておく」的口語縮約形）　• そうね／對喔，是呀（表同意或思考狀的語氣詞）　• 花瓶／花瓶，花器　• 入れて／放進，裝入（「入れる」的輕微命令口氣）

20 # わたしもそうです。

watashi mo soo desu.

04

················☞ 我也是。

A 〈
> 聽到那番話，真叫人生氣。
>
> あの話を聞いたら、腹が立ってなん
> ない。
>
> ano hanashi o kii tara, hara ga tatte nannai.

> 我也是。
>
> わたしもそうです。
>
> watashi mo soo desu.
〉 **B**

Point

▶ 同意對方的意見，表示自己也是，就用「わたしもそうです。」(我也是)。

▶「てなんない」是「てならない」的口語形。表示因某種感情、感受十分強烈，達到沒辦法控制的程度。中文意思是：「…得厲害」、「…得受不了」、「非常…」。

補充單字

▪ 話／談話，話題，某人說的話 ▪ 聞いたら／聽到之後（表示一聽到那番話立刻…） ▪ 腹が立って／生氣，憤怒（「腹が立つ」後接其他句子或是詞性的型態） ▪ なんない／得不得了，到不行（「ならない」的口語縮約形，表示情緒多到無法壓抑） ▪ そう／這樣（表同意）

21 何これ。
nani kore.

(04)

☞ 這什麼啊？

A

大橋小姐，有東西黏在你背後喔。

大橋さん、後ろに何かついてますよ。
oohashi san, ushiro ni nan ka tsuite masu yo.

咦！？哇！這什麼啊？

えっ、いや、何これ。
e, iya, nani kore?

B

Point

▶ 表示疑問的時候，常用「何これ。」（這是什麼？）。「何これ。」是「これ何。」的倒裝形，當你要強烈表達疑問跟驚訝時，可以把疑問詞放在前面。「これ何。」是「これは何ですか」的口語省略助詞的說法，這種說法口語中經常出現，為了表示疑問，語調要上揚。

補充單字

• 後ろ／背後，後面 • 何か／某個東西，有東西（表對不確定物體的指稱詞）
• ついてます／附著，黏住（原形是「つく」） • よ／喔，呢（口語中常用語氣詞，此處為禮貌性提醒，才不會顯得太強烈） • いや／討厭，啊，呀，哇（口語的驚嘆語氣詞，表驚嚇或厭惡的情緒） • 何これ／這是什麼（意同「これは何ですか」）

㉒ どうしてですか。

dooshite desu ka?

⋯⋯⋯⋯⋯⋯⋯⋯⋯⋯⋯⋯⋯⋯⋯⋯⋯ ☞ 為什麼？

04

A

> 為什麼？居然選她！我不能接受。難道她就那麼漂亮？

> どうしてですか。彼女を選ぶなんて、納得いきません。彼女がそんなに綺麗ですか。
>
> dooshite desu ka? kanojo o erabu nante,
> nattoku ikimasen. kanojo ga sonnani kiree desu ka?

> 那你又漂亮嗎？

> お前は綺麗なのか。
> o-mae wa kireena no ka?

B

Point

▶ 這裡的「どうしてですか。」（為什麼？），用在跟自己所預料的相反，並且感到驚訝的時候。含有強烈否定的語氣。

補充單字

- **どうして**／為什麼（疑問詞，整句是「どうしてですか」）　**彼女**／她，女朋友
- **選ぶ**／選擇，挑選　**なんて**／居然（表對於句中舉出的例子顯示輕視的語氣）
- **納得いきません**／無法接受，難以理解　**そんなに**／如此的，那麼的（表示程度）　**お前**／你，妳（口語的第二人稱用法，對親密的同輩、晚輩、或夫妻間都可使用）　**なのか**／嗎（口語句尾疑問詞，同「ですか」，表猜測與質疑）

PART❷

23 全部やれると思っているの。 04
ぜんぶ　　　　　　　　おも

zenbu yareru to omotte iru no?

☞ 你真以為自己可以全搞定啊？

A

這些我都可以搞定。

私はこれら全部やれますよ。
わたし　　　　　ぜんぶ

watashi wa korera zenbu yaremasu yo.

你真以為自己可以全搞定啊？

全部やれると思っているの。
ぜんぶ　　　　　おも

zenbu yareru to omotte iru no?

B

Point

▶ 這句話用反問方式，表示 B 對 A 前面所講的話有疑問，充分地表現出「你該不會以為自己有辦法全部搞定吧？」的語感喔。

▶ 從「全部やれると思っているの。」這句話的句尾「の」取代了表示疑問的「ますか」，可以看出兩人的關係很親密！句尾加「の」配合語調上揚的疑問句法，用在對家人、好友、小孩子等等。

補充單字

▪ これら／這些（「これ」的複數形）　▪全部／全部，全都　▪やれます／可以
ぜんぶ
完成，可以搞定（表示「やります」這個動作應該可以完成的用法）　▪と思っ
おも
ている／以為，認為（原形是「と思う」）　▪の／啊，嗎（口語的疑問詞，作用
同「ですか」）

70

24 今何時（いまなんじ）と思（おも）ってるの。 04

ima nanji to omotteru no?

‧‧‧‧‧‧‧‧‧‧‧‧‧‧‧‧‧‧‧‧‧‧‧‧‧‧☞ 你以為現在幾點了啊？

A
> 對不起，對不起。等很久了嗎？

ごめん、ごめん、待（ま）った。

gomen, gomen, matta?

B
> 真是的！你以為現在幾點了啊？

もう、今何時（いまなんじ）と思（おも）ってるの。

moo, ima nanji to omotteru no?

Point

▶ 日本人在熟人面前，要詢問對方時，通常都只要提升句尾的語調就行了！這裡的「待った。」就是如此。

▶ 當對方做了讓你受不了的事時，先用「もう」（真是的）來抱怨一下，再接後面的句子就行了！值得注意的是，這裡的「今何時と思ってるの。」說話者並非真的是想要問「你以為現在是幾點啊？」，而只是以抱怨的口吻來告訴對方「我等很久了啦」。

補充單字 ‧‧‧‧‧‧‧‧‧‧‧‧

‧ **ごめん**／對不起，抱歉（「ごめんなさい」的口語省略）　‧ **待（ま）った**／等很久了（「待つ」的過去式）　‧ **もう**／真是的，唉呦（表抱怨、受不了的語氣）　‧ **何時（なんじ）**／幾點　‧ **～と思（おも）ってる**／以為，認為，覺得（原形「と思う」，這裡的語中帶有抱怨的語氣）

25 何を言いたいの。

nani o iitai no?

☞ 你到底想說什麼？

A

對不起，我遲到了。真是的，電車誤點了…。

ごめん、遅くなって。
いや、電車が遅れてね…。

gomen, osoku natte. iya, densha ga okurete ne….

所以你到底想說什麼？

だから、何を言いたいの。

dakara, nani o iitai no?

B

Point

▶ B 聽了 A 的一大串遲到的說辭之後，感到很不耐煩，就接著回答「だから、何を言いたいの。」（所以呢？你到底想說什麼？）由於日本人很不喜歡對方遲到道歉後就劈頭說一大堆理由，所以最好的方式是先好好地道歉，查看對方的反應後，再做下一步動作。無論如何，最好的方式，是不要遲到啦！

補充單字

▪ **遅くなって**／遲到了（原形是「遅くになる」，這裡是表示原因） ▪ **いや**／真是的，討厭（表抱怨的語氣） ▪ **電車**／電車（通常指地面的 JR 電鐵） ▪ **遅れて**／誤點，慢分；遲到（此處加「ね」，表示加強語氣） ▪ **何を言いたいの**／想說什麼（「の」是口語的句尾疑問詞）

26 **どういう意味だよ。**

doo iu imida yo?

.... ☞ 什麼意思啊？

A < 你就不用了。

あなたはいらないわ。

anata wa iranai wa.

什麼意思啊？

どういう意味だよ。 **B**

doo iu imida yo?

A < 我是說，不遵守信用的人根本就無法信任。

**だから、約束を守れない人は信用で
きないの。**

dakara,yakusoku o mamorenai hito wa shinyoo
dekinai no.

Point

▶ 對話中 B 聽了 A 說「あなたはいらないわ。」（你就免了。）之後，感到很
不滿，覺得對方為什麼要這樣說，所以就反問 A「どういう意味だよ。」（你
什麼意思啊？）來表現心中的不滿及疑問。相對於詢問
理由的「どうして」（為什麼？），這裡的語氣充分表現
出 B 的無法接受、不滿的心情。

補充單字 ....

▪ **いらない**／不要，不用（表否定的用法） ▪ **どういう**／什麼，哪一種（疑問
詞，意同「どんな」） ▪ **意味**／意思，意義 ▪ **約束**／約定 ▪ **守れない**／不
能遵守，不能守信用（「守れる」的否定用法） ▪ **信用できない**／不能相信，沒
有信用，無法信任 (原形是「信用できる」，在此是表否定用法)

27

<ruby>困<rt>こま</rt></ruby>ってます。

komatte masu.

(05)

• ☞ 真是傷腦筋。

A

> 我的腳踏車常常故障，真是傷腦筋。

<ruby>僕<rt>ぼく</rt></ruby>の<ruby>自転車<rt>じてんしゃ</rt></ruby>はよく<ruby>故障<rt>こしょう</rt></ruby>するから、
<ruby>困<rt>こま</rt></ruby>ってます。

boku no jitensha wa yoku koshoosuru kara, komatte masu.

> 去買台新的啊。

<ruby>新<rt>あたら</rt></ruby>しいのを<ruby>買<rt>か</rt></ruby>ったら。

atarashii no o kattara.

B

Point

▶ 當日本人對你說「困ってます。」（我很頭痛。）時，就表示他發生了精神上苦惱的問題，而且不知道該怎麼處理，並且在向你送出求救訊號喔！這時候，日本人通常會很熱心地開口幫忙、給當事人意見。

▶「たら」是省略了後面「どうか」的說法，也就是「たらどうか」。表示說話人勸對方做該動作的意思，常在給對方意見時使用。

補充單字 •

▪ <ruby>僕<rt>ぼく</rt></ruby>／我（多為小男生自稱 "我" 的說法；男生對同輩以下的人稱呼自己的說法）
▪ <ruby>自転車<rt>じてんしゃ</rt></ruby>／腳踏車　▪ <ruby>故障<rt>こしょう</rt></ruby>する／故障，拋錨　▪ <ruby>困<rt>こま</rt></ruby>ってます／煩惱，傷腦筋
（「困っている」的鄭重說法）　▪ の／的（此處的「の」後面省略了「自転車」，是指「新的腳踏車」（代名詞用法））　▪ <ruby>買<rt>か</rt></ruby>ったら／買吧（用「たら」表示建議，後面省略了「どうですか」）

28 仕方（しかた）がないか…。

shikata ga nai ka….

☞ 好吧…。

A

> 今天輪到你打掃喔。
>
> 今日（きょう）はあなたが掃除（そうじ）の番（ばん）よ。
>
> kyoo wa anata ga sooji no ban yo.

B

> 好吧…。
>
> 仕方（しかた）がないか…。
>
> shikata ga nai ka….

Point

▶「仕方がないか。」（好吧。）這句話表示 B 其實是不想打掃，但是大家輪流打掃是早先就規定好的，所以只好無可奈何，心不甘情不願地乖乖去打掃。這句話帶有「好吧，只好認了」的語氣。另外，當你拿一件事或是對某人沒法子時，也可以用「仕方がない。」，這時候表示「沒辦法了；沒救了」的意思喔！

補充單字

▪ **あなたが**／你（後接「が」是強調前面的你，「就是你」的意思）　▪ **掃除（そうじ）の番（ばん）**／輪到掃除工作（「番」是指按順序輪到做某件事的意思）　▪ **〜よ**／喔，呢（在此作為提醒作用）　▪ **仕方（しかた）がない**／好吧，真沒輒（此處是雖不情願但是還是必須去做的抱怨語氣）　▪ **か**／呀，啊（這裡表示感嘆語氣）

75

もう、疲れた。

moo, tsukareta.

(05)

☞ 我已經累了。

你現在在為情所苦對吧。

A

あなた今、恋に苦しんでますね。

anata ima, koi ni kurushinde masu ne.

我已經累了。

もう、疲れた。

moo, tsukareta.

B

Point

▶ 當自己花了很多時間和心血，卻沒有得到回報，無法如己所願時，就用這句「もう、疲れた。」（我已經累了。）來表示自己已身心俱疲的感受。這句話含有想要放棄的念頭。

補充單字

▪ 恋／戀情，戀愛　▪ 苦しんでます／正在痛苦中（原形是「苦しんでいる」，強調正在痛苦）　▪ もう／已經（這裡表示已經無法承受）　▪ 疲れた／疲憊了，累了（「疲れる」的過去式，指心理與生理上的疲憊）

彼と会わなきゃよかった。 ⑤

kare to awanakya yokatta.

☞ 早知道不要認識他就好了。

> 你男友真糟糕耶。就算吵了架,也不能把
> 你丟在車站前啊。

A

彼氏、最低だね、いくら喧嘩したからっ
て、駅前で落っことしてくなんて。

kareshi, saiteeda ne, ikura kenkashita karatte,
ekimae de okkotoshiteku nan te.

> 早知道不要認識他就好了。

彼と会わなきゃよかった。

kare to awanakya yokatta.

B

Point

▶「彼と会わなきゃよかった。」表示 B 很後悔跟對方認識。用「~なきゃよ
かった。」(早知道…就好了。) 是「~ければよかった」的口語形。表示不
想見到的事情已經發生了,只能在事後後悔了。用在對過去的事情表示希
望那樣,而後悔自己沒有那樣做。

▶「~からって」是「~からと言って」的口語形。表示不能僅僅
因為前面這一點理由,就做後面的動作。後面接否定的說法。
中文意思是:「(不能) 僅因…就…」、「即使…,也不能…」等。

補充單字

‧**彼氏**/男朋友 (稱呼男性的第三人稱用法,這指 "男朋友",語氣中帶些許捉
弄語氣) ‧**最低**/很爛,很糟 (這裡是指品行、個性很糟) ‧**いくら~からっ
て**/就算…也 ‧**落っことしてく**/ (做出) 丟下 (「落っことしていく」的口語
縮約形) ‧**なんて**/這種事,這類事情 (對前面列舉事項表示輕視或表委婉口
氣) ‧**~なきゃよかった**/沒有…的話就好了,不…該多好

しまった、間違えたよ。
shimatta, machigaeta yo.

05

............................☞ 糟了！弄錯了！

A ┤ 糟了！弄錯了！

しまった、間違えたよ。
shimatta, machigaeta yo!

咦？哪邊？

えっ。どこ。
e? doko?

B

A ┤ 這邊啊！不是美金，是日幣，兩億日幣啦。

ここだよ、ドルじゃない、円、2億円
だよ。
kokodayo, doru janai, en, ni-okuenda yo.

Point

▶ 例如上公車要掏錢包時，才發現自己沒帶錢包！這時就可以用「しまった！」（糟了！）來表示說話者回想之前做過的動作，突然發現其中有疏忽的地方，而因為這個疏忽會影響後續的動作，讓情況變得很不妙，所以當然就是「糟了！」囉。

補充單字..............................

▪ しまった／糟了！完蛋了！（「しまう」的過去式，語中帶有後悔的意思） ▪ 間違えた／錯了，弄錯了（「間違える」的過去式） ▪ ドル／美元，美金（外來語，多用片假名呈現） ▪ じゃない／不是，並非（「ではない」的口語縮約形） ▪ 円／日圓，日幣 ▪ だよ／是…啦

32 今日はついてないな。 **05**

きょう

kyoo wa tsuite nai na.

・・・・・・・・・・・・・・・・・・・・・・・・・・・・・ ☞ 今天真夠衰的。

A ＜ 你們這些傢伙，是誰說可以休息的啊！？

お前ら誰が休んでいいっつったんだよ。
まえ　だれ　　やす

o-maera dare ga yasunde ii ttsu ttan da yo.

對不起。…，今天真夠衰的。

すみません。…、今日はついてないな。 ＞ **B**
きょう

sumimasen…, kyoo wa tsuite nai na.

Point

▶ 當某天做什麼事都不順時，就說「今日はついてないな。」（今天真是夠衰。）來表示自言自語的輕微感嘆。至於是什麼東西「ついてない」呢？其實就是「運」（幸運）啦！你也可以說「運がついてないな。」。而如果你看對方今天很幸運，你可以對他說「今日、ついてるね。」（今天很幸運喔。）

うん　　　　　　　　　　　　　　　　　　　　　　　　　　　うん

▶「んだ」前面接普通形，在這裡表示向對方要求說明。

補充單字

• **お前ら**／你們這些傢伙（比「お前たち」更口語，一般不接在長輩等比自己
まえ
地位高的人身上） • **休んで**／休息，休假（「休む」後接其他動詞或句子用法）
やす
• **つった**／說，講（「言う」的口語，多為年輕人的用法） • **すみません**／抱
歉，對不起 • **ついてない**／運氣真差，走衰運（「ついている」的否定用法）
• **～な**／啊（表感嘆的語調詞）

いやーまいった。まいった。 🎧05
iyaa maitta. maitta.

· ☞ 哎呀～真是受不了。

哎呀～真是受不了。我今天在公車上真倒楣呀…。

A

いやーまいった。まいった。今日(きょう)バスでひどい目(め)に遭(あ)ってさぁ。

iyaa maitta. maitta. kyoo basu de hidoi me ni atte saa.

怎麼了嗎？

どうしたの。
dooshita no.

B

Point

▶「いやー」(唉！)是一種感嘆的發語詞，帶有引起對方注意的作用。而「まいったまいった。」(真是受不了。)表示說話者因為對某一事態，感到困惑、束手無策，而對這樣的窘境也只能默默承擔的心情。另外，通常在一番抱怨之後，接著會說出原因。看看這個對話知道，原來是在公車上碰上倒楣事了！

補充單字 ·

▪ まいった／受不了，服了（「まいる」的過去式） ▪ バス／公車，巴士 ▪ ひどい目(め)に遭(あ)って／遇到不好的事，發生壞事（「ひどい目に遭う」後接其他詞性或句子的用法） ▪ 〜さぁ／呀，呦（表感嘆語氣的同時有吸引別人聽下去的意圖，話者尚未說完） ▪ どうしたんの／怎麼了嗎？發生什麼事了？（「どうしたのですか」的口語縮約形）

34 やばい、逃げろ。

05

yabai, nigero.

・・・・・・・・・・・・・・・・・・・・・・・☞ 不妙！快逃！

A
> 各位～，那傢伙落單了。幹掉他！
>
> みんな、あいつ一人だ、やっちまえ。
> minna, aitsu hitorida, yacchimae.

B
> 不妙！快逃！
>
> やばい、逃げろ。
> yabai,nigero.

Point

▶ 看刑警日劇時，通常可以看到這樣的場景，那就是犯人發現苗頭不對，馬上對著其他人說「やばい、逃げろ。」，然後，慌慌張張地躲避刑警的追緝。有印象吧！這裡的「やばい」用來表達自己處於危險的環境中。它也可以用來形容成績瀕臨危險邊緣。有趣的是，最近也拿來表達肯定的意思喔！例如「この曲、やばい」（這首歌好耶！）

▶「やっちまえ」是「やってしまえ」（「やってしまう」的命令形）的省略形，前面接意志性動詞，表示將那個意志性動詞的行為，發揮到極點。僅只用在男性之間，或用在吵架的時候。

補充單字

- **みんな**／大家，大夥兒
- **あいつ**／那傢伙，那小子（第二人稱的輕蔑口語用法）
- **一人**／一個人，落單
- **やっちまえ**／去拿下，去做（「やってしまえ」的口語縮約形）
- **やばい**／糟糕了！大事不妙了！
- **逃げろ**／快逃吧！（「逃げる」的命令形）

35 お言葉に甘えて。

o-kotoba ni amaete.

🎧 06

•••••••••••••••••••••••••••••••••••••☞ 那就恭敬不如從命。

A
> 盡量吃，今天我請客。
>
> どんどん食べて、今日 私のおごりよ。
>
> dondon tabete, kyoo watashi no ogori yo.

> 真的啊？那就恭敬不如從命。不好意思～～再來一碗！還有菜單也順便。
>
> ほんと、ではお言葉に甘えてすみません、おかわり。あとメニュー。
>
> honto, dewa o-kotoba ni amaete. sumimaseen,
> okawari! ato menyuu.

B

Point

▶ 當別人示出好意，而為了表示恭敬不如從命，就用「お言葉に甘えて。」這句話了。「甘える」原本帶有順從的意思，整句話表達出「對你這般的好意跟親切，那我就不客氣順從您的意思。」囉！不過面對最會說客套話的日本人，說這句話前，得要先察言觀色，看清楚對方是真有此意，還是只是客套話喔！

補充單字

• どんどん／盡量，一直持續 　• 食べて／吃（「食べる」後接其他詞性或句子的用法） 　• おごり／請客 　• ほんと／真的嗎？（「ほんとう」的對話時常出現的型態） 　• 甘えて／順從，從命（原形是「甘える」，後接其他句子或詞性時的用法） 　• おかわり／再一碗，再一份

36 うれしい。

ureshii.

••☞ 好高興！

A 〈
你已經遇見你的真命天子了喔。

あなたすでに、運命（うんめい）の人（ひと）に出会（であ）って
ますよ。

anata sudeni, unmee no hito ni deatte masu yo.

好高興！

うれしい。

ureshii

B

Point

▶ 當你所期待的事情實現了，而要表達自己喜不自禁的情緒時，就用「うれ
しい」這句話。這裡的 B 為什麼高興呢？因為對方說「你已經遇到真命天
子了。」而自己剛好已經有心儀的對象，這怎能不高興呢？另外，當對方
為你做了什麼事，你也可以跟對方說這句話，來表達你的滿足與感謝喔！

補充單字 ••••••••••••••••••••••••••••••
▪ **すでに**／已經，既　▪ **運命（うんめい）の人（ひと）**／真命天子命中注定相遇的人　▪ **出会（であ）って
ます**／相遇，邂逅（「出会っている」的鄭重用法）　▪ **うれしい**／好高興，好開
心

37 素晴(すば)らしい。

subarashii.

🎧 06

• ☞ 真好看。

都認不出你來了呢，潔思明。

A 見違(みちが)えちゃったよジャスミン。

michigae chatta yo jasumin.

嗯？

えっ。

e.

B

穿制服的樣子很不錯，不過沒穿制服的你也很好看。

A 制服姿(せいふくすがた)もすてきだけど。
制服(せいふく)じゃない君(きみ)も素晴(すば)らしい。

seefuku-sugata mo sutekida kedo. seefuku janai kimi
mo subarashii.

Point

▶ 當作客觀的評價時，有再也沒有比這更好的了的意思，例如：「すばらしいアイデア」（極優秀的點子）；當作主觀的評價時，有極佳的、感到很滿意之意。語中表現出看著看著不自覺感嘆起來了的含意，例如：「すばらしい日曜日(にちようび)」（棒極了的星期日）。而這裡對話中的「すばらしい」，則是用來表示 A 主觀的對 B 的打扮感到很棒、很滿意的心情。

補充單字

▪ 見違(みちが)えちゃった／看不出來，認不出來（「見違えてしまう」的口語縮約形，表動作已經做完了）　▪ えっ／嗯，什麼（表示確認或疑問語氣）　▪ 制服姿(せいふくすがた)／穿制服的樣子　▪ すてき／好棒，很不錯　▪ 素晴(すば)らしい／太棒，很好

38 **あたり。**

atari.

06

················· ☞ 答對了。

A < 這是什麼呢？

これは何^{なに}かな。

kore wa nani ka na.

B > 我知道了。是伊勢龍蝦。

わかった。伊勢^{い せ}エビね。

wakatta. ise ebi ne.

A < 答對了。

あたり。

atari.

Point

▶ 對方正確地回答你提出的問題時，就說「あたり。」（答對了！）。而答錯了就說「はずれ。」；另外表示答對了也可以用擬聲語的「ピンポン」，而答錯了是用「ブー」來表示！

▶ 「かな」放在句尾，用在不清楚某事表示疑問的時候。另外如果是跟否定詞一起使用，有願望的意思。例如：「彼女^{かのじょ}はやく来^こない かな。」（希望她趕快來）。

補充單字

▪ 何^{なに}かな／是什麼呢？（為了引起聽者好奇心，而刻意發問的用法） ▪ **わかった**／我知道了，我懂了（「わかる」的過去式） ▪ **伊勢^{い せ}エビ**／伊勢龍蝦 ▪ **あたり**／答對啦（「あたる」的的名詞形）

39 万歳。万歳。万万歳。

banzai!banzai!banbanzai!

☞ 萬歲！萬歲！萬萬歲！

06

A

我們班有一個人考上了東大喔！

うちのクラス、一人東大に合格したぞ。

uchi no kurasu, hitori toodai ni gookakushita zo.

哇！萬歲！萬歲！萬萬歲！

わ。万歳。万歳。万万歳。

wa! banzai!banzai!banbanzai!

B

A

你們也別輸了，要再接再厲唷。

君らも負けずに頑張ってね。

kimira mo makezu ni ganbatte ne.

Point

▶ 遇到了令人欣喜，值得祝賀的事情時，日本人習慣邊高舉雙手，邊呼喊：「万歳。」（萬歲！）。如果要更加強調歡喜的心情，就說「万万歳！」（萬萬歲！）。這跟我們祝賀皇帝「千秋萬歲」的意思是不一樣的喔！

補充單字

▪ **うちのクラス**／我們班（「うち」為自稱用法）　▪ **合格した**／考上了，錄取了（「合格する」的過去式）　▪ **万歳**／萬歲！太棒了！　▪ **君ら**／你們（第二人稱的複數形）　▪ **負けずに**／不能輸（同「負けないで」，為寫文章時的用法）　▪ **頑張って**／加油（「頑張る」的輕微命令用法）

40 すごいよ。 06

sugoi yo.

☞ 超帥的。

A 前幾天，我看到山下智久耶。
こないだ、山下智久見た。
konaida, yamashita tomohisa mita.

B 咦？山下智久？帥嗎？
えっ、山下智久。かっこよかった。
e, yamashita tomohisa? kakko yokatta?

A 那還用說～超帥的。
そりゃぁもう、すごいよ。
soryaa moo, sugoi yo.

Point

▸「すごい」表示擁有常識上都難以想像的能力跟力量等。這裡的「すごいよ。」表示山下智久給自己的印象是超乎想像的好，所針對的重點，有可能是外型、感覺或是打扮等等。

補充單字

▪ こないだ／前幾天，那個時候（「このあいだ」的口語用法） ▪ かっこよかった／很帥，俊美（「かっこいい」的過去式，語氣上揚表疑問） ▪ そりゃぁ／那，那個（「それは」的口語縮約形，這裡是指帥不帥這件事） ▪ もう／此處表感嘆、驚嘆的語氣詞 ▪ すごい／太棒了，太帥了 ▪ よ／啦，呀（句末的語氣詞）

41 うれしくて涙が出てきたよ。 🎧06

ureshikute namida ga dete kita yo.

☞ 高興到眼淚都掉下來了呢。

A

考試通過了，高興到眼淚都掉下來了呢。

試験に合格して、うれしくて涙が出てきたよ。

shiken ni gookakushite, ureshikute namida ga detekita yo.

真是太好了呢。

やったね。

yatta ne.

B

Point

▶ 當你為一件不知是吉是凶的事感到極度擔心，後來得知結果是如己所願時，就用「うれしくて涙が出てきたよ。」（喜極而泣。）來表達高興的程度超乎一般的心情！對話中的 A 看到一直擔心的考試結果，得知自己榜上有名，就有如放下心中重擔、將之前緊繃的心情解放，高興得眼淚都掉了下來！另外，也可以用來表示因某人做了某事，而讓自己非常感動的意思。

補充單字

▪ **試験**／考試　▪ **合格して**／通過考試，考上（「合格する」後接其他詞性或句子的用法）　▪ **涙が出てきた**／掉眼淚，流淚（「涙が出てくる」的過去式）　▪ **やった**／太好了，真棒（「やる」的過去式，事情照自己心意發展時的感嘆語）　▪ **ね**／呀，呢（句末的感嘆語氣詞）

42 ほんとに。ありがとう。

🎧06

hontoni? arigatoo.

················☞ 真的嗎？謝謝。

A

還差一點點，加油把它給拚完。

A あともう<ruby>少<rt>すこ</rt></ruby>しだから<ruby>頑張<rt>がんば</rt></ruby>ってやっちゃう。

ato moo sukoshida kara ganbatte yacchau.

不用了啦。你走吧。剩下的我幫你做。

…いいよ。<ruby>行<rt>い</rt></ruby>けよ。<ruby>残<rt>のこ</rt></ruby>りは<ruby>俺<rt>おれ</rt></ruby>、やっといてやるから。 **B**

…ii yo.ike yo. nokori wa ore, yattoite yaru kara.

真的嗎？謝謝。

A ほんとに。ありがとう。

honto ni? arigatoo.

Point

▶ 當你做事遇到困難，有人伸出援手要幫你時，就說「ほんとに。ありがと う。」(真的嗎？謝謝！)。這裡的「ほんとに。」，表現出吃驚、感謝的心 情，是當事人對對方所說的有些無法置信，想再度確認的表現。記得語調 要上揚喔！

▶「ちゃう」是「てしまう」的省略形。表示動作或狀態 的完成。「…完」的意思。常接「すっかり、全部」等 副詞、數量詞。如果是動作繼續的動詞，就表示積極 地實行並完成其動作。

補充單字 ·······

• あと／剩下，還有　• やっちゃう／做完，弄完 (「やってしまう」的口語縮 約形)　• いいよ／不用了，沒關係　• <ruby>行<rt>い</rt></ruby>け／你走吧，去吧 (「行く」的命令用法) • <ruby>残<rt>のこ</rt></ruby>り／剩下的東西，留下的部分 (「残る」的名詞形)　• やっといて／做完， 完成 (「やっておいて」的口語縮約形)

CHAPTER ❸ 苦惱、喜悅

43 あった、あった。

atta! atta!

🎧 06

•• ☞ 找到了！找到了！

真的嗎？謝謝。

A あなた、鍵どこ。

anata, kagi doko?

嗯？剛剛在桌上不是？

あれ、さっき机の上にあったろ。

are, sakki tsukue no ue ni attaro.

B

找到了！找到了！

A あった、あった。

atta! atta!

Point

▶ 在日劇裡常可以聽到「あった、あった。」（找到了！找到了！）這句話。
  這是用在自己在找某個東西，最後好不容易找到的時候。如果怎麼找都還
  是找不到，就跟對方說「ないよ。」（沒有啊。）

▶「たろ」是「だろう」的口語省略形。使用降調時，表示說話人對未來或不
  確定事物的推測。且說話人對自己的推測有相當大的把握。還有，提醒、
  吩咐對方的意思。女性多用「でしょ」、「でしょう」。「でしょ
  う」也常用在推測未來的天氣上。「…吧」的意思。

補充單字 ••••••••••

▪ ねえ／喂！（吸引別人注意的發語詞，呼喚對方）
哪裡，什麼地方 ▪ **あれ**／嗯，奇怪了（表疑惑語氣）
（「さき」的口語用法） ▪ **あったろ**／在…不是嗎？在…吧？（「あっただろう」
的口語縮約形）
▪ **鍵**／鑰匙 ▪ **どこ**／
▪ **さっき**／剛才，方才

07

44

任せて。
まか

makasete.

☞ 包在我身上。

A

> 沒問題嗎？一個人可以包辦嗎？
>
> 大丈夫か。全部一人でやれるか。
> だいじょう ぶ　　　ぜん ぶ ひと り
>
> daijoobu ka?zenbu hitori de yareru ka?

> 包在我身上。體力可是我的長項呢。
>
> 任せて。体力は得意なんだ。
> まか　　　たいりょく　とく い
>
> makasete. tairyoku wa tokui nan da.

B

Point

▶ 想表現出自己有能力做到，請對方大可放心交給自己做，就說「任せて。」
（交給我！）。另外，要託付對方做事，就用「これ、任せたよ。」（這就拜
託你了。）來委託對方。

補充單字

- **大丈夫**（だいじょうぶ）／沒問題，沒關係　■ **やれる**／能做，做得來（「やる」表能力可否
的用法）　■ **任せて**（まかせて）／交給我，看我的（「任せる」後接其他詞性或句子的用法）
- **体力**（たいりょく）／體力　■ **得意**（とくい）／過人之處，強項　■ **なんだ**／呢，喲（表說明或堅決
判定的意思，同「なのだ」的判定用法）

45 もちろん。

mochiron.

07

······················· ☞ 當然。

真的要這麼做嗎？

A ほんとにこれでやるんですか。
honto ni kore de yaru n desu ka?

當然。

もちろん。 **B**
mochiron.

Point

▶當事態的發展已經很明顯，想表達不用說也知道的意思時，就用「もちろ
ん。」這句話。它表示當然的意思，並有加以肯定的「對，沒錯」的語感喔！
看看它的漢字寫「勿論」，就不難發現其中的道理啦！

▶「んです」前接普通形，這裡用在跟對方要求說明的情況下。

補充單字

▪ほんとに／真的嗎（「ほんとうに」對話的型態，表做確認的疑問） ▪これで
やる／這麼做，如此做 ▪これで／這樣，如此（「で」表示手段、方法） ▪やる／
做，從事 ▪もちろん／當然，還用說

46

らくしょう
楽勝さ。

rakushoo sa!

07

☞ 小事一樁啦！

A

> 10勝2敗，真了不起呢。
>
> じゅう しょう に はい
> **10勝2敗、さすがね。**
> juu shoo ni hai, sasuga ne!

> 小事一樁啦！
>
> らくしょう
> **楽勝さ。**
> rakushoo sa!

B

Point

▶ 日本形容比賽等獲勝的方式有很多種，其中，「楽勝」（輕鬆獲勝、小事一樁）表示比賽等過程中，完全不辛苦，輕鬆就拿下勝利之意。後來，引申為某事對自己而言輕鬆就可以辦到，小事一件的意思。後面的「さ」表示說話者強調自己的主張的語氣喔。

▶ 除了「楽勝」之外，還有棒球比賽中，沒有被安打的「完勝」（完封全勝）、也有以一分之差的「辛勝」（險勝）喔。

補充單字

- さすが／真了不起，厲害
- ～ね／呢（句末的語氣詞）
- らくしょう
  楽勝／輕鬆勝利
- ～さ／啦（表隨便說說的語氣）

47　女30、これからよ。

おんなさんじゅう

onna sanjuu, kore kara yo!

07

・・・・・・・・・・・・・・・・・・・・・ ☞ 女人 30 人生才開始！

A

> 對了，印象中後天是你的生日吧。30歲了呀。
>
> そういえばお前、確か明後日だよな
> まえ　たし　あさって
> 誕生日。
> たんじょう び
> 30かぁ。
> さんじゅう
>
> soo ieba o-mae, tashika asatteda yo na tanjoobi.
> sanjuu kaa.

> 女人30人生才開始！
>
> 女30、これからよ。
> おんな さんじゅう
>
> onna sanjuu, kore kara yo.

B

Point

▶ 我們常常可以聽到「女 30、これからよ。」（女人 30 歲，人生才開始。）這句話是用來強調女人的輝煌時期非 30 歲之前，而是 30 歲之後。由於一般認為女人的風光年華是在 30 歲之前，所以說話者強調說「不不，女人30 才開始呢。」意指女性在 30 歲以後，更有智慧、更成熟喔！

補充單字

▪ そういえば／對了，這樣說來（多用在突然想起相關事情的狀況）　▪ 確か／
似乎是…吧（此處表確認語氣）　▪ ～だよな／吧，嗎（表句末較委婉的疑問語氣）
▪ ～かぁ／吧（表疑問，口語用法）　▪ 女／女人　▪ これから／現在才開始，
正要開始（此處表示女人 30 歲才正是人生的開始）

48 だろう。

daroo.

07

・・・・・・・・・・・・・・・・・・・・・・・・・ ☞ 我就說吧！

> 啊～你女朋友真的很漂亮，人又溫柔。

A ああ、彼女はほんとに綺麗で、やさしかった。

aa, kanojo wa hontoni kiree de, yasashikatta.

> 我就說吧！

だろう。

daroo.

B

Point

▶ 這裡的「だろう。」表示我說的對吧！是一種徵求對方同意、含有贊同的語感。另外，要記住語調要上揚喔！日語的特點就是婉轉、含蓄，說法經常是點到為止、留有餘地的。而這種表現方法也常用「だろう」等只有語氣，沒有內容的詞，想知道意思，只有靠當時的場景和語言習慣來理解了。

補充單字 ・・・・・・・・・・・・・・・・・・

▪ **ああ**／啊（表感嘆情緒的聲音）　▪ **彼女**／女友　▪ **やさしかった**／溫柔（「やさしい」的過去式，這裡用過去式是說話者回想當時的景象）　▪ **だろう**／對吧，是吧（語調上揚，表示督促對方同意自己的語意）

49 **でしょ。**

desho.

🎧 08

・・・・・・・・・・・・・・・・・・・・・・・・・・・・・・・・・・・・☞ 我就說了吧！

A
> 這家餐廳好好吃喔。
>
> **このレストラン、おいしいね。**
> kono resutoran, oishii ne.

> 我就說了吧！
>
> **でしょ。**
> desho.

B

Point

▶「でしょ。」（我就說吧！）跟「だろう」一樣是徵求對方同意的口吻。只是說法比「だろう」還鄭重，並記得語調一樣要上揚喔。

補充單字

・レストラン／西式餐廳 ・おいしい／美味，好吃 ・でしょ／對吧，是吧（「だろう」的口語用法，表同意）

50 やってけるのかな私。

yatte keru no kana watashi.

☞ 我做得來嗎？

> 總覺得粉領族跟想像中的不一樣呢。

A なんかさ、想像してたのと違うんだよね、OLって。

nanka sa, soozooshiteta no to chigau n da yo ne, ooeru tte.

> 怎麼說？

B

どうして。

dooshite?

> 因為我還是隻菜鳥，打雜事一堆，泡茶啦、接電話啦…還要送報紙。啊～，真懷疑我做得來嗎？

A まだ新人だから雑用も多いし、お茶出し、電話番…新聞配りもね。…あーぁ、やってけるのかな私。

mada shinjinda kara zatsuyoo mo ooi shi, o-cha-dashi, denwa-ban, shinbun-kubari mo ne. aaa, yatte keru no kana watashi.

Point

▶ 當事情的困難度超乎自己的想像時，通常就會在心中質疑，自己是不是做得來，是不是能熬得過去。要表現這種心情，就用「やってけるのかな私。」（我做得來嗎？）這句話除了質疑自己之外，還有自問自答的語感喔！

▶「やってける」是「やっていける」（做得了）的口語縮約形。

補充單字

▪ なんかさ／總覺得（未完語氣，企圖吸引對方聽下去） ▪ 想像して／想像（「想像する」後接其他句子或詞性的用法） ▪ 違う／不同，不一樣 ▪ って／…這件事情（「というのは」的口語縮約形，這裡表附加說明強調是ＯＬ） ▪ お茶出し／泡茶端茶（「お茶を出す」的名詞形） ▪ 電話番／接電話，電話接待 ▪ 新聞配り／送報紙（「新聞を配る」的名詞形） ▪ やってける／能做下去，有能力做（「やっていける」的口語縮約形）

…ちょっと。

…chotto.

08

⋯⋯⋯⋯⋯⋯⋯⋯⋯⋯⋯⋯⋯⋯⋯⋯⋯ ☞ 嗯⋯，是有一點啦！

A

怎麼了？好陰沉喔。你心情不好啊？

なんだよ。暗_{くら}いなぁ。落_おち込_こんでるの。

nanda yo. kurai naa. ochikonderu no?

嗯⋯，是有一點啦！

…ちょっと。

…chotto.

B

Point

▶ 日語常喜歡說法婉轉、點到為止，但也並不是不置可否，只是到底是什麼意思，就要讓聽者靠場景跟語言習慣來揣摩了。當別人問你怎麼了，但卻不想明講的時候，就用「…ちょっと。」（…是有一點啦！）來表示是有發生了一些事啦！但也請你不要那麼擔心的意思。

補充單字

・なんだよ／怎麼了？幹嘛？　・暗_{くら}い／陰沉（此處表心情低落狀）　・落_おち込_こんでる／心情不好（「落ち込んでいる」的口語縮約形）　・ちょっと／發生了一點事情，有點事（表委婉的說明）

52 なんかさ、仕事って難しいなぁ。 08

nanka sa, shigoto tte muzukashii naa.

☞ 總覺得，工作好難喔。

A 這次的工作挺有趣的吧！

今度の仕事、なかなか面白いだろ。

kondo no shigoto,nakanaka omoshiroi daro?

總覺得，工作好難喔。

なんかさ、仕事って難しいなぁ。 **B**

nanka sa, shigoto tte muzukashii naa.

A 畢竟是新人總會有失敗的。我也是啊，現在都還會被上司狠削一頓呢。不過大家都是一樣的啦，提起精神來吧。

そりゃ新人だから失敗もあるよ。俺だって今でも上司にメチャメチャ怒られてるし、でもみんなそんなもんだって、元気出してよ。

sorya shinjinda kara shippai mo aru yo. ore datte ima demo jooshi ni mechamecha okorareteru shi, demo minna sonna mon datte, genki dashite yo.

Point

▶「なんかさ」（總覺得…）是用來表示雖然無法很明確說出原因，但就是這樣認為的意思，後面接自己對某事所感覺的內容。在句尾加「なぁ」表示感嘆的意思。

▶「～って」是「～というのは」的口語縮約形。表示就對方所說的一部分，來重複詢問或加上自己的解釋。

補充單字

▪ **そりゃ**／這是（「それは」的口語縮約形，後接要敘述的事情） ▪ **だって**／就算是（前面接某事物或條件） ▪ **今でも**／即使現在，到現在還是 ▪ **上司**／上司，長官 ▪ **メチャメチャ**／狠狠的（表程度很高） ▪ **そんなもんだ**／就是這樣的，都是這樣的（「そのようなものだ」的口語縮約形）

53

自信ないな。
じしん

jishin nai na.

☞ 真沒信心。

A

看了真叫人不放心，看你浮浮躁躁的。

不安なんだよな、お前、チャラチャ
ふ あん　　　　　　　　　　　まえ
ラしてるから。

fuan nan da yo na, o-mae, chara chara shiteru kara.

真沒信心。

自信ないな。
じ しん

jishin nai na.

B

Point

▶對於眼前的事物，沒有把握自己是否做得到，心中感到很不安時，就說
「自信ないな。」來表達自己的心境。相對地，我們用「自信満々」、「自信
に満ちている」來形容一個人很有自信的樣子。

▶「てる」是「ている」口語縮約形。在這裡的「てる」表示現在的持續性狀態。

補充單字

▪**不安**／不安，擔心　▪**チャラチャラしてる**／浮躁，躁動（原形是「ちゃらちゃ
　ふ あん
らする」）　▪**自信ない**／沒有自信，沒什麼信心
　　　じ しん

54 私って光一さんの何。
わたし こういち なに

08

watashi tte kooichi-san no nani?

• ☞ 我到底算光一先生的什麼？

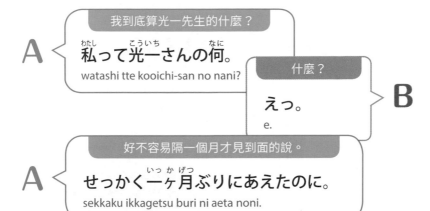

> 我到底算光一先生的什麼？
>
> **A** 私って光一さんの何。
> わたし こういち なに
> watashi tte kooichi-san no nani?

> 什麼？
>
> えっ。 **B**
> e.

> 好不容易隔一個月才見到面的說。
>
> **A** せっかく一ヶ月ぶりにあえたのに。
> いっかげつ
> sekkaku ikkagetsu buri ni aeta noni.

> 求求你好嗎？我現在已經被工作搞得一個頭兩個大了。
>
> 頼むよ。俺今仕事でいっぱいいっぱいだから。 **B**
> たの おれいまし ごと
> tanomu yo. ore ima shigoto de ippai ippaida kara.

Point

▶ 常見日劇裡情侶吵架時，女方常在最後撂下：「私って～の何。」（我到底算…的什麼？），來質問男方是如何看待自己的，自己到底在男方的心中有多少份量。這句話含有逼問的語感。另外，你也可以說「私って～の何なの。」。兩句都是女性用語。記住語調要上揚喔！

▶「のに」放在句尾，表示逆接。用在表示不滿或責備的時候。

補充單字 • • • • • •

▪ **せっかく**／好不容易，特意 ▪ **～ぶり**／隔…（時間） ▪ **あえた**／能見面（「あえる」的過去式） ▪ **のに**／明明…卻…（句末用詞，表和期望結果相反而感到遺憾的情緒） ▪ **頼む**／拜託，求求你 ▪ **～でいっぱいいっぱい**／被…纏身
たの

55 何^{なん}とかなるわよ。 08

nan to ka naru wa yo.

☞ 船到橋頭自然直！

孤兒寡母的，你說要怎麼生活？

A 女^{おんな}一^{ひとり}人子^こ一^{ひとり}人どうやって生活^{せいかつ}していくんだよ。

onna hitori ko hitori doo yatte seekatsu shite ikun da yo.

船到橋頭自然直！

そんなの、何^{なん}とかなるわよ。 **B**

sonna no, nan toka naru wa yo.

真不知道你在想什麼。

A 何^{なに}考^{かんが}えてんだか。

nani kangaete n da ka.

Point

▶ 俗話說「船到橋頭自然直」，這句話日語怎麼說呢？日語是「何とかなるわよ。」（總會有辦法的。）這句話是，雖然不能很滿足，但勉強還可以的意思，屬於較消極的想法。也可以用在對方有困難時，雖然給不出什麼好意見，但安慰對方「何とかなるさ。」。而「何考えてんだか」是「何を考えているのだかわからない」的口語縮約形。這是省略後面的「わからない」的說法，也是一般間接疑問句的用法。這句話用在對對方死心，或自言自語時表示厭煩的意思。

補充單字

▪ どうやって／怎麼辦？靠著什麼？（「どうやる」後接其他句子或詞性的用法） ▪
生活^{せいかつ}していく／生活下去 ▪ そんなの／這種事情（此處有不在乎的語氣） ▪
何^{なん}とかなる／總會有辦法解決 ▪ 何^{なに}考^{かんが}えてんだ／在想什麼呀（「考えているのだ」的口語縮約形，有無法忍受的語氣）

56 いいよ。

ii yo.

································☞好啊。

A

下次就我們兩個人找個地方玩吧。

今度は二人きりでどっか行こう。
こん ど　　　　ふた り

kondo wa futari kiri de dokka ikoo.

好啊。

いいよ。

ii yo.

B

Point

▶ 日本人講話越簡短，所包含的意義往往是越廣的。例如「いいよ。」（好啊。）這句話，它隨著語調、使用場合的不同，表達的意義也完全不一樣。對話中，這句是用來表達「允許、答應」的意思，也就是說 B 同意 A 的提議（語調要上揚）；另外，「もういいよ。」（夠了。）、「いいよ。」（免了。）用來表示已經無法忍受、不需要的意思，語調要下降。

補充單字········

・**今度**／下次　・**～きり**／只有…，就…而已　・**どっか**／某個地方，某處
こん ど

（「どこか」的口語用法）　・**行こう**／一起去吧　・**いいよ**／好呀

57 ぜんぜんオッケー。

🎧 09

zenzen okkee.

• ☞ 好啊。那有什麼問題。

A 〈

今天下班後要不要見個面？

今日、会社終わってから、会わない。
きょう　　かいしゃ　お　　　　　　　　　　あ

kyoo, kaisha owatte kara, awanai.

好啊。那有什麼問題。

いいよ。ぜんぜんオッケー。

ii yo, zenzen okkee.

〉 **B**

Point

▶ 這裡的「ぜんぜん」可不是否定的意思喔！這裡是肯定的用法，強調「非常…、很…」的意思。「オッケー」也就是英文的「OK.」。兩者合起來就是「那有什麼問題！」的意思喔。說話者說這句話，表示自己很有空、完全可以配合對方的時間。

▶「会わない」是「会いませんか」的口語說法。表示尋問行為、動作是否要做。在尊敬對方抉擇的情況下，有禮貌地勸誘對方，跟自己一起做某事。這是一般最常使用的勸誘的說法。可譯作「要不要…呢」。

補充單字 • • • • • • • •

• **終わって**／結束（「終わる」後接其他句子或詞性的用法） • **から**／從…之後
　　あ
• **会わない**／要不要見個面（「あう」的否定型，表委婉的邀約） • **ぜんぜん**／
完全（本意為否定的完全，這裡指說話者沒有別的事，非常有空） • **オッケー**／
OK，沒問題

58 # はい、結構です。

hai, kekkoo desu.

••••••••••••••••••••••••••••☞ 可以，這樣就好了。

09

A 〈 給你，寫好了。…這樣就可以嗎？

はい、書き終わりました。
…これでいいですか。
hai, kakiowarimashita. kore de ii desu ka?

可以，這樣就好了。

はい、結構です。
hai, kekkoo desu.

〉 B

Point

▶「けっこう」到底是表示接受還是拒絕呢？其實答案兩個都對！想要判斷其中涵義，最簡單的方法，就如對話中的「はい、結構です。」，在前面聽到「はい」就是表示接受；相反地，「いいえ、いや」就是表示拒絕；另外，話中如果沒有判斷的依據，就要察言觀色啦！從對方的臉色、語氣、手勢來判斷意思。通常接受時，語氣會很確定且明朗；拒絕時，態度會很婉轉，而且伴隨著輕微的低頭或阻止的手勢。

補充單字

• **書き終わりました**／寫完了（「書き終わる」的過去鄭重用法）　　• **これでいいですか**／這樣可以嗎？　　• **結構**／可以，很好

59 # はい、わかりました。

🎧 09

hai, wakarimashita.

‥‥‥‥‥‥‥‥‥‥‥‥‥‥‥‥‥☞ 是，知道了。

A

> 考試不要東張西望！知道了嗎？
>
> # 試験中、よそ見をしないこと。いいね。
> しけんちゅう　　　　み
> shiken-chuu, yosomi o shinai koto. ii ne.

> 是，知道了。
>
> # はい、わかりました。
> hai, wakarimashita.

B

Point

▶ 日文中的「わかる」可以用來表達很多意思。對話中所表達的是「知道了」，能懂某事物的意義、價值。B 聽到了 A 的叮嚀，還有後面的「いいね。」（知道嗎？）之後，回答這一句來表示「我知道了」；另外，「わかる」也有理解的意思，例如「お気持ちはよくわかります。」（我非常能了解你的心情。）；還有，表示「認出、辨別出」的意思。例如，繞到好友背後，然後矇住他眼睛問：「誰かわかる。」（你知道我是誰嗎？）

補充單字‥‥‥‥‥‥‥‥‥‥‥‥‥‥‥‥‥‥‥‥‥‥‥
▪ **試験**／考試　▪ **〜中**／…中間，做…的時候　▪ **よそ見**／東張西望　▪ **いいね**／
しけん　　　　　　　　　　　ちゅう　　　　　　　　　　　　　み
知道了嗎？聽到了嗎？　▪ **わかりました**／知道了，懂了（「わかる」的過去式）

60 **あるわけないだろう。** **09**

aru wake nai darou.

•••☞ 那怎麼可能。

認真問你。分手後的那 5 年裡，有沒有想過我？

A 〈
正直に聞くね。
別れてから 5 年の間、私のこと思い
出したことある。

shoojiki ni kiku ne.

wakarete kara go-nen no aida, watashi no koto

omoidashita koto aru?

那怎麼可能。

あるわけないだろう。 〉 **B**

aru wake nai darou.

Point

▶ 當對方問你有沒有做過某事，而這件事從道理上來說是不可能的，就回他
「あるわけないだろう。」（怎麼可能有！）。表示覺得對方的問題十分不合
邏輯；如果想強調某件事是不可能發生的，就用「そんなわけないだろ！」
（那怎麼可能嘛！）

▶「わけない」是「わけはない」的口語說法，表示從道理上而言，強烈地主
張不可能或沒有理由成立。相當於「～はずがない」。中
文意思是：「不會…」、「不可能…」等。

補充單字

▪ **正直に**／認真的，嚴肅的 　▪ **聞く**／問 　▪ **別れて**／分手（「別れる」後接其
他句子或詞性的用法） 　▪ **間**／…裡，…之間 　▪ **思い出した**／回憶，想起（「思
い出す」的過去用法） 　▪ **～わけないだろ**／怎麼可能會（「～わけないだろう」
的口語縮約形）

107

61 それ、使^{つか}わないでくれない。 🎧09

sore, tsukawanaide kurenai.

☞ 那個，拜託不要用。

A ┤
> 啊～，這邊有面紙喔。
>
> あー、ここにティッシューあるよ。
> aa, koko ni tisshuu aru yo.

> 那個，拜託不要用。
>
> それ、使^{つか}わないでくれない。
> sore, tsukawanaide kurenai.

├ **B**

Point

▶「～ないでくれない」是用來表示「拜託不要…」的意思。語氣中含有因說話者不能接受聽話者的某種行為，想要制止、叮嚀對方的意思。原本「～てくれる」就有表示說話者受益的表現，所以也可以說有「就算是為了我好了，可以不要…嗎？」的意思，是屬於請對方不要做某事的婉轉說法。

補充單字

- **ティッシュー**／面紙　　**ある**／有…（表沒有生命物體的存在狀態）　　**それ**／那個　　**使^{つか}わないで**／不要使用（「使う」的否定，後接其他句子或詞性的用法）
- **くれない**／可以…嗎，拜託請…好嗎（「くれる」的否定用法）

62 あいにく、明日（あした）の午後（ごご）は
ちょっと…。　**09**

ainiku, ashita no gogo wa chotto…

• • • • • • • • • • • • • • • ☞ 真不巧，明天下午有點事耶…。

A
> 明天下午，有空嗎？
>
> 明日（あした）の午後（ごご）、ご都合（つごう）いかがでしょうか。
> ashita no gogo, go-tsugoo ikaga deshoo ka?

> 真不巧，明天下午有點事耶…。
>
> あいにく、明日（あした）の午後（ごご）はちょっと…。
> ainiku, ashita no gogo wa chotto….
B

Point

▸ 當因為某種原因，而沒辦法順從對方的期望，就用「あいにく」吧！講這
句話時，說話者多半是站在對方的角度去考量，而覺得很不巧、很可惜。
它可以使用的場合很多。例如，謝絕別人的邀約，或是告知某人不在時，
都可以使用。

▸ 日本人的拒絕技巧可是一流的喔！通常為了避免過於直
接，而用「残念（ざんねん）ですが。」（很遺憾。）、「また誘（さそ）ってくだ
さい。」（要再約我喔。）、「ちょっと…。」（我不太…。）之
類的婉轉說法喔！

補充單字
- 午後（ごご）／下午，中午以後　　■ 都合（つごう）／方便，合適　　■ いかが／如何（鄭重用法）
- あいにく／不巧　　■ 〜はちょっと…／…不太方便

109

63 じゃ、やめときます。

ja, yame toki masu.

09

· ☞ 那我不要了。

A ＜ 這個要３萬元喔。

これは３万円ですよ。
kore wa san-man-en desu yo.

那我不要了。沒有錢嘛。

じゃ、やめときます。お金がないもん。
ja, yame toki masu. o-kane ga nai mon.

＞ **B**

Point

▶ 當你看上某一東西，但詢問之下，才發現有不滿意的地方，就跟店員說「じゃ、やめときます。」（這樣的話，我不要了。）！這是本來有意想要的東西，因為某些問題，例如某人說了某句話，或是金額太高了，而讓你打消原本的念頭。

▶ 助詞「もん」是「もの」的口語形。接在句尾，多用在會話中，表示說話人很堅持自己的正當性，而對理由進行辯解，多半用來當藉口。敘述中語氣帶有不滿、反抗的情緒。多用於年輕女性或小孩子。中文意思是：「因為…嘛」等。

補充單字 ·

▪ じゃ／那麼（「では」的口語縮約形）　▪ やめときます／不用了，不要了（「やめておく」的口語縮約形）　▪ お金／錢　▪ ない／沒有，無　▪ もん／因為…嘛！（「もの」的口語用法，用於句尾敘述理由，強調理由的正當性）

64 ノー。

09

noo.

・・・・・・・・・・・・・・・・・・・・・・・・・・・・・・・・ ☞不了。

A　中午一起喝杯咖啡怎麼樣？

お昼<ruby>一緒<rt>ひるいっしょ</rt></ruby>に、コーヒーでもどう。

o-hiru issho ni, koohii demo doo?

不了。

ノー。

noo.

B

Point

▶ 在日本，要回絕他人時，一般不採取太過於直接的回答，那是因為怕太過於直接，會傷到對方、影響彼此關係的緣故。但年輕的一代表現就比較直接，或是對方真的很反對就直接說「ノー。」（NO！）囉！這句話帶有禁止、拒絕、否定的強烈語氣，聽到這句話最好還是打退堂鼓、打消念頭為妙；另外，它也可以像「ノーコメント。」（不予置評。）一樣，在後面接外來語，來表示否定。

補充單字

▪ **お昼**／中午　▪ **一緒に**／一起　▪ **コーヒー**／咖啡　▪ **でも**／…之類的（列舉某事物其中一項作代表）　▪ **どう**／如何，怎麼樣　▪ **ノー**／NO，不了

111

65 信しんじない。

shinji nai.

🎧 10

・・・・・・・・・・・・・・・・・・・・・・・・・・・ ☞ 我才不相信。

藍色的小東西將會為你招來幸福喔。

A ブルーの小物こ ものがあなたに幸しあわせを招まねく
でしょう。

buruu no komono ga anata ni shiawase o maneku deshoo.

我才不相信什麼占卜呢。

占うらないなんて、信しんじない。 **B**

uranai nante, shinji nai.

Point

▶當你聽到荒唐的事，想表達自己不信任時，就用「信じない。」（我才不相信！）吧。這是明確地告訴對方你不相信，語氣果決。對話中，B聽到對方如此迷信的說法，心中就覺得很荒唐，也不相信；另外，如果想表現得比較婉轉，可以用「そうかな。」（是嗎？）、「さあ、それはどうかな。」（嗯…真的是這樣子嗎？）來委婉表示質疑。但是，過度使用這類的詞，有時候會招來反感喔！

補充單字

▪ブルー／藍色（外來語） ▪小物こ もの／體型小的東西 ▪幸しあわせを招まねく／招來幸福
▪でしょう／是吧，對吧（「だろう」的口語用法） ▪占うらない／占卜，算命 ▪なんて／…之類的，…這類的（「なんか、など」的口語縮約形） ▪信しんじない／不相信（「信じる」的否定用法）

66 **いい、自分でやる。**

ii, jibun de yaru.

☞ 不用，我自己來。

A

喂，很重吧，我來幫你吧。

ねえ、重いでしょう、手伝ったげようか。

nee, omoi deshoo. tetsudatta ge yoo ka?

不用，我自己來。

いい、自分でやる。

ii, jibun de yaru.

B

Point

▶ 當別人開口要幫你忙，你卻不想領受恩情時，就請說「いい、自分でやる。」（不用，我自己來。）。這邊的「いい」並非肯定用法，而是用來表示說話者認為「不需要、不用了」的心情，這個用法和表示「心領了」的「結構です」一樣；「自分でやる」是用來表示這件事自己來做就好了，不用別人幫忙的意思。

▶「ったげようか」是「てあげようか」的口語形。表示自己或站在自己一方的人，為他人做前項有益的行為。

補充單字
▪ **重い**／沉重　▪ **でしょう**／吧（「だろう」的口語縮約形）　▪ **手伝ったげよう**／我來幫你吧！（「手伝ってあげよう」的口語縮約形）　▪ **いい**／不用了　▪ **自分でやる**／我自己來

67 そんなのできっこないよ。

sonna no dekikko nai yo.

......................................☞ 那怎麼可能！

朝倉，今天之內將這篇採訪整理成5000字給我。

A 朝倉、この取材、
今日中に 5000 字でまとめてくれ。

asakura, kono shuzai, kyoo-juu ni gosen-ji de matomete kure.

啊～？那怎麼可能！

えー、そんなのできっこないよ。

ee, sonna no dekikko nai yo. **B**

Point

▶ 想看看，如果突然有人要你在半小時內，從台北趕到東京，你會作何感想呢？如果心想那是不可能的事的話，就用「そんなのできっこないよ。」（那怎麼可能！）來表現吧！對於對方荒唐、超出常理範圍的要求，你可以用這句來抱怨、叫苦一下：「喂！你的要求太過分了！」。

▶「っこない」前面接動詞，表示強烈否定，某事發生的可能性。相當於「～わけはない」、「～はずがない」。一般用於口語。用在關係比較親近的人之間。相當於「絶対に～ない」。中文意思是：「不可能…」、「決不…」。

補充單字

• 取材／採訪，報導　　• まとめて／整理，統整（原形是「まとめる」，這裡表示輕微的命令）　　• くれ／給我，替我…　　• できっこない／不可能做出來

68 でも、なかなかね。 🎧10

demo, nakanaka ne.

☞ 但也不是那麼容易啦！

現在好像引進了一種圖解式的英文文法呢。

A 今、図解式の英文法が導入されているようですね。

ima, zukai-shiki no eebunpoo ga doonyuu sarete iru yoo desu ne.

嗯。但也不是那麼容易啦！

うん、でも、なかなかね。 **B**

un, demo, nakanaka ne.

Point

▶ 日文中有許多詞同時具有肯定和否定的用法。像這裡的「でも、なかなかね。」（但，也不是那麼容易。）是屬於否定的用法！意思是：「雖然圖解式的英文文法很不錯，但實際上要採用，卻沒有想像中的容易。」「なかなか」否定用法就是表示該事物不如預期，還有沒有那麼容易實現的語感；另外，用在肯定時，含有事物良好的程度，超出想像之外的語感。如「なかなかのものですね。」（這真不錯呀！）

補充單字

▪ **図解式**／圖片解說方式 ▪ **導入されている**／被引進 ▪ **よう**／…的樣子，似乎…（表不確定的猜測） ▪ **でも**／可是 ▪ **なかなか**／不怎麼樣

69 それ、触っちゃだめだ。 🎧 **10**

sore, sawaccha dame da.

• ☞ 那個，不能摸喔。

> 啊，那個，不能摸喔。

A あ、それ、触っちゃだめだ。

a, sore, sawaccha dame da.

> 為什麼？

どうして。 **B**

dooshite?

> 那花有毒。

A その花は毒があるんだ。

sono hana wa doku ga aru n da.

Point

▶ 要禁止對方去碰觸某事物，卻不想說得太嚴厲，就用「だめ」。這是屬於半叮嚀的禁止，一般用在熟人、親子、師生之間的對話。相對的「いけない」（不行）的口氣比較嚴厲、明確，通常用在上對下或標語上。聽到這句話，就知道對方是很認真在跟你說「不可以！」的喔！

▶ 「ちゃ」是「ては」的縮略形式，也就是縮短音節的形式，一般是用在口語上。多用在跟自己比較親密的人，輕鬆交談的時候。

補充單字 •

▪ 花／花，花朵　　▪ 触っちゃ／觸碰的話…（「触っては」的口語縮約形）

▪ だめ／不行，不可以　　▪ なんだ／因為

70 やだよ。

yada yo.

☞ 我才不要。

A ┤
一郎，不乖乖吃蔬菜不行喔。

一郎、野菜ちゃんと食べなきゃだめよ。

ichiroo, yasai chanto tabenakya dame yo.

我才不要。

やだよ。

yada yo.

├ **B**

Point

▶ 小孩耍賴不聽話，受不了的媽媽最後會使出「ほら、行くよ。」（走了。回家去。）的殺手鐧，而小孩也不甘示弱地邊哭邊說「やだ、やだ。」（我不要！我不要！）。沒錯！「やだ」也就是「いやだ」的口語形，大多是小孩子用來表示不願意的時候。一般在熟人面前也可以使用。另外，它也有「討厭、不喜歡」的意思，例如「やだなぁ、あの人。」（那個人好討厭喔！）。

▶「なきゃだめ」是「なければだめ」的口語形。用在長輩教導晚輩應該如何做的時候。

補充單字

▪ **野菜**／蔬菜　▪ **ちゃんと**／好好的，乖乖的　▪ **食べなきゃ**／不吃的話（「食べなければ」的口語縮約形）　▪ **だめ**／不行，不可以　▪ **やだ**／不要

71 ここで遊^{あそ}んじゃいけないよ。 🎧10

koko de asonja ikenai yo.

・・・・・・・・・・・・・・・・・・☞ 不可以在這邊玩啊！

A

喂！喂！不可以在這邊玩啊！

こら、こら、ここで遊^{あそ}んじゃいけないよ。

kora, kora, koko de asonja ikenai yo.

快逃！

逃^にげろ。

nigero!

B

Point

▶ 一群小孩跑到標有「請勿踐踏」的草地上，一旁的大人告誡說：「こら、ここで遊んじゃいけないよ。」（喂！別在這裡玩！），要小朋友們不要在草地上玩。受驚的小朋友，丟下一句「逃げろ！」拔腿就跑了。

▶ 在句尾加上「よ」，語中帶有提醒叮嚀的語氣喔！另外，「じゃいけない」是「てはいけない」的口語形。表示禁止。

補充單字 ・・・・・・・・・・・・・・・・・・

▪ こら／喂　 ▪ ここで／在這裡　 ▪ 遊^{あそ}んじゃいけない／不可以玩（「遊んではいけない」的口語縮約形）　 ▪ 逃^にげろ／快逃吧

72 先生と言っても、男だからね。

sensee to ittemo, otokoda kara ne.

☞ 雖說是老師，但畢竟也是男人啊。

> 聽說老師跟那女人搞不倫戀，結果被老師
> 的老婆逮個正著呢！

A 先生、あの女と不倫して、先生の奥
さんに捕まったんだって。

sensee, ano onna to furin shite,

sensee no oku-san ni tsukamatta n datte.

> 雖說是老師，但畢竟也是男人啊。

先生と言っても、男だからね。 **B**

sensee to ittemo, otokoda kara ne.

Point

▶ 會話中，B 聽了 A 說的話後，表達出自己的感想說：「先生と言っても、男
だからね。」（雖說是老師，但也是男人啊。）B 是怎麼看待老師的呢？看對
話就可知 B 覺得就算是為人表率的師長，但也難改男人的本性囉！

▶「～って」表示「～ということだ」、「～といっています」的傳聞意思。從
某特定的人或外界獲取的傳聞。有時含有說話人意外、責
備、吃驚的語感。一般只用於口語不拘禮節的談話裡。相
當於中文的「（某某）說」、「聽說」。

補充單字

▪ **不倫**／婚外情，外遇　▪ **～って**／聽說…，據說…　▪ **奥さん**／太太，老婆
▪ **捕まった**／逮到，抓包　▪ **と言っても**／雖然說是…，雖然這樣說

73

何^{なに}もそこまで。

nani mo soko made.

11

☞ 沒那個必要吧！

那個女生正煩惱著怎麼解數學題目，你就
教教他吧。

A

彼女^{かのじょ}、数学^{すうがく}に困^{こま}っているから教^{おし}えて
あげたら。

kanojo, suugaku ni komatte iru kara oshiete agetara.

沒那個必要吧！

何^{なに}もそこまで。

nani mo soko made.

B

Point

▶「何にもそこまで」（沒必要吧！）相當於「（そう）～する必要^{ひつよう}がない」，
表示不需要特地的去做，有責備對方做得太過火的口氣。

▶「教えてあげたら」是「教えてあげたらどうですか」省略後半部的說法。
表示說話人希望對方實現某狀況，而直接建議、規勸對方。說時語調要上
揚，一般用在關係比較親密的人之間。

補充單字

▪**数学**^{すうがく}／數學　▪**困**^{こま}**っている**／感到困難，感到苦惱　▪**教**^{おし}**えてあげたら**／去
教他如何？（後面省略「どうですか」）　▪**何**^{なに}**もそこまで**／沒那個必要吧！不
用到這樣吧！

74 今の若者はこれだからね。

ima no waka-mono wa koreda kara ne.

• • • • • • • • • • • • • • • • • ☞ 現在的年輕人都是這副德行嘛！

A

又一個年輕店員離職了。

若い店員、また一人やめたって。

wakai tenin, mata hitori yameta tte.

現在的年輕人都是這副德行嘛！

今の若者はこれだからね。

ima no waka-mono wa koreda kara ne.

B

Point

▶「これだからね。」（都是這副德行。）是對談論中的人事物表示輕視的口氣。對話中，是在說時下的年輕人，全都一個德行，做事不持久一受挫就放棄。

▶「って」前面說過相當於「と」，這是口語的表現方式。除了較為正式的會話以外，口語中都應用得相當廣泛，且沒有男女的區別。
表示引用傳達別人的話，這些話常常是自己直接聽到的，或自己說過的話。相當於中文的「說」、「據說」。

補充單字

▪ 若い／年輕　▪ 店員／店員　▪ また／又，再　▪ やめた／離職（「やめる」的過去式）　▪ 若者／年輕人　▪ ね／嘛（主張自己想法與心情）

75 その実力だけでも十分なんじゃない。

sono jitsuryoku dake demo juubun na n janai.

☞ 但他那樣的實力就很夠了。

A

他沒有想像中那麼優秀呢！

彼、思ったほどでもなかったよ。

kare, omotta hodo demo nakatta yo.

但他那樣的實力就很夠了。

その実力だけでも十分なんじゃない。

sono jitsuryoku dake demo juubun na n janai.

B

Point

▶ 對話中，B 反對了 A 的意見，但是為了不要表達得太直接，而婉轉地說「その実力だけでも十分なんじゃない。」(他那樣的實力就很夠了。)，「じゃない」這是用在要反駁、徵求對方同意自己的看法的時候，語調要下降。

▶「ほど〜ない」(沒有那麼) 表示沒有達到料想中的程度。

補充單字

▪ 思った／以為（「思う」的過去式）　▪ 〜ほどでもなかった／不如…，沒有…
（表示比較的基準，其後接否定形）　▪ 実力／實力　▪ だけでも／就算只有這樣
▪ 十分／足夠　▪ なんじゃない／不是嗎（語調上揚表反問）

122

76 またそのうちにね。

mata sono uchi ni ne.

☞ 嗯，下次吧。

A ＜

來吃個壽喜燒吧。

すき焼きでも食べましょうよ。

suki-yaki demo tabe mashoo yo.

嗯，下次吧。

うん、またそのうちにね。

un, mata sono uchi ni ne.

＞ **B**

Point

▶ 當不想赴約，想要婉拒對方，就用「またそのうちにね。」（下次吧！）；
也可用「また今度。」來謝絕對方的邀約喔！「すき焼きでも」中的「でも」
表示除了「すき焼き」之外，還可以有其它的選擇。我們來比較一下：

▶「野球でもしましょう」（打個棒球如何！）

▶「野球をしましょう」（打棒球吧！）

▶ 這兩個句子不同在，第一個例子表示「玩個什麼吧，打棒
球如何？」，這裡要玩的，除了棒球之外，還可以有其它
的選擇；而第二例子是只有限定在棒球，沒有其它選擇。

補充單字

▪ **すき焼き**／壽喜燒　　▪ **〜でも**／前接名詞，表示舉例的用法　　▪ **食べましょう**／
來吃吧（「食べる」的表示邀約的用法）　　▪ **またそのうちにね**／下次吧

77 別に。

betsu ni.

・・・・・・・・・・・・・・・・・・・・・・・・・・・・☞ 沒有啊！

A ← 生氣囉？
怒った。
okotta?

為什麼這麼問？
なんで。
nande?
→ B

A ← 因為你突然不講話。
急に黙っちゃったから。
kyuu ni damacchatta kara.

沒有啊！
別に。
betsu ni.
→ B

Point

▶ 有人問起自己的感受，想表達並沒什麼、不怎麼樣時，就用「別に。」（沒事啊、哪有。）這是「別になんでもない、別になんとも思わない。」（沒什麼事、不覺得怎樣。）的省略講法。例如：「彼女のこと、好きなんだろ。」（你喜歡她對吧？）「別に。」（哪有。）

補充單字

▪ **怒った**／生氣了（「怒る」的過去式）　　▪ **なんで**／為什麼　　▪ **急に**／突然
▪ **黙っちゃった**／沉默下來（「黙ってしまう」的口語縮約形）　　▪ **別に**／沒什麼

78 え。や、それはまあ…。

e? ya, sore wa maa….

•••••••••••••••••••••••☞ 嗯？呃，這個嘛（是有啦）…。

> 對了，矢島先生你有女朋友嗎？

A **ところで矢島さん、彼女いるんですか。**
や　じま　　　　　　かのじょ
tokoro de yajima-san, kanojo iru n desu ka?

> 嗯？呃，這個嘛（是有啦）…。

え。や、それはまあ…。 **B**
e? ya, sore wa maa….

Point

▶由「え。や」（嗯？呃）可以看出 B 對 A 的提問感到吃驚和慌張。但再看接下來的「それはまあ…。」（那個嘛…。）知道，雖然不正面回應，但卻已表示出不否認此事實的語氣！也就是有女友啦！

補充單字••••••••••••••••••••••••••••••

▪ ところで／對了（轉換話題的用法）　　▪ いる／擁有（表示「有家人」、「有朋友」等等的用法）　　▪ それはまあ／這個嘛…（不想正面回應對方問題時的應答方法）

どうかな。

doo kana?

11

☞ 這樣好嗎？

A

> 我想在６點左右走高速公路去。

6時ごろ高速道で行きたいと思っていますが。

ろくじ　こうそくどう　い　　　　　　　　おも

roku-ji goro koosoku-doo de ikitai to omotte imasu ga.

> 6點左右？這樣好嗎？

6時ごろに行くのはどうかな。

ろくじ　　　い

roku-ji goro ni iku no wa doo kana?

B

Point

▶「どうかな。」是用來表示自己的疑問、願望、甚至是自言自語。對話中，B 覺得６點才上高速公路，可能會塞車、時間會來不及，這樣做好嗎的意思。這是婉轉地提出質疑，希望對方要多加考慮的說法。

補充單字

▪ ごろ／左右（表示大約某個時間）　▪ **高速道**／高速公路　▪ **行きたい**／想去（原形「行く」，表示個人意願）　▪ **～が**／委婉地敘述自己的想法、心情　▪ **どうかな**／好嗎，是嗎（表示不是很認同）

こうそくどう　　　　　　　　　い

80 聞^きかなかったことにしよう。

kikanakatta koto ni shiyoo.

☞ 那就當我沒問吧。

> 她的事，你還是不知道的好。
>
> **A** 彼女^{かのじょ}のこと、知^しらないほうがいい。
>
> kanojo no koto, shiranai hoo ga ii.

> 那就當我沒問吧。
>
> じゃ、聞^きかなかったことにしよう。 **B**
>
> ja, kikanakatta koto ni shiyoo.

Point

▶「聞かなかったことにしよう。」（就當我沒問過吧。），這句話是說 B 在問過 A 她的事後，經過 A 的規勸，並在判斷過後，假裝自己沒問過這件事的意思。「～なかったことにしよう」這句話用在某事已經發生，但因為某因素，而在事後改變想法，當做一切都沒發生的時候。

補充單字

▪ こと／事情　▪ 知^しらない／不知道（「知る」的否定用法）　▪ ほうがいい／…比較好　▪ 聞^きかなかった／沒有問（「聞く」的過去否定用法）　▪ にしよう／就決定是…吧（表示選擇的結果）

81 昔はなあ。

mukashi wa naa.

······ ☞ 那是「以前」啦！

A

> 爺爺，你以前很帥呢。
>
> じいちゃん、昔格好よかったね。
> jii-chan, mukashi kakko yokatta ne.

> 那是「以前」啦！
>
> 昔はなあ。
> mukashi wa naa.

B

Point

▶「昔はなあ。」（那是「以前」啦！）話中帶有感嘆的語氣。因為孫子說照片中的自己「以前」很帥，強調的是過去，暗喻現在已不像過去那般英俊瀟灑了。「なあ」（啊）表示感嘆。

補充單字

▪ じいちゃん／爺爺（「ちゃん」用來稱呼人，比「さん」更有親切感） ▪ 昔／以前 ▪ 格好よかった／很帥（「格好いい」的過去式） ▪ 昔はなあ／那是「以前」啦！（表示感嘆的語氣）

82 **ええ。**
ee.

🎧 **12**

....☞ 是的。

A ＜
請問…，這本書是田中先生的嗎？

あのう、この本、田中さんのでしょうか。
anoo, kono hon, tanaka-san no deshoo ka?

是的。

ええ。
ee.
＞ B

Point

▶「ええ。」（嗯。）和「はい。」（是。）都可以用來表示肯定的意思。只是在語氣上有些微的差異。前者比後者在語氣上較為輕鬆、較不拘謹，屬於較輕微的肯定。一般來說，女性使用的機會比較多。

補充單字

• **あのう**／那個…（說話時的發語詞。用於引起對方注意的鄭重用法） • **本**／書
• **田中さんの**／田中先生的（「の」代替了「書」這個名詞） • **でしょうか**／嗎
（對於不確定的事物表示疑問） • **ええ**／是的（「はい」的口語說法）

83 いや、絶対（ぜったい）ということもないけど。

iya, zettai to iu koto mo nai kedo.

☞ 不，也不是說絕對的啦！

A
> 難道真的一點進公司的希望都沒有嗎？
>
> 入社（にゅうしゃ）のことは、絶対（ぜったい）にだめか。
>
> nyuusha no koto wa, zettai ni dame ka?

B
> 不，也不是說絕對的啦！
>
> いや、絶対（ぜったい）ということもないけど。
>
> iya, zettai to iu koto mo nai kedo.

Point

▶ 這句話表現出 B 對 A 的提問，並不完全肯定或否定的意思。也就是說在達到某種條件、某種要求之下，就有可能實現的意思。「いや」(不) 是「いいえ」的輕微否定。

補充單字

• 入社（にゅうしゃ）／（錄取）進入公司　• 絶対（ぜったい）に／絕對，一定　• だめ／不可能，做不到
• いや／不（與「いいえ」相同）　• ということもないけど／也不是…（不完全否定）

84 助_{たす}けてやることはないだろう。🎧12

tasukete yaru koto wa nai daroo.

･････････････････････････････ ☞ 沒幫的必要吧！

> 看他那麼可憐，就告訴他嘛。
>
> **A** かわいそうだから、教_{おし}えてあげてよ。
>
> kawaisooda kara, oshiete agete yo.

> 沒幫的必要吧！
>
> 助_{たす}けてやることはないだろう。 **B**
>
> tasukete yaru koto wa nai daroo.

Point

▶ B 對 A 的發言，提出了反對意見。B 認為沒必要特地去幫討論的對象。「～ことはないだろう。」（沒幫的必要吧！）是表示說話者因某因素，而認為不需要做某件事，徵求對方也認同自己的看法之意。例如颱風天，卻有人堅持要去上班，你就可以說「行くことないだろう。」（沒去的必要吧！）

補充單字

▪ かわいそう／可憐 　▪ だから／因為 　▪ 教_{おし}えて／告訴（原形為「教える」）
▪ ～てあげて／表示輕微命令為⋯（人）做⋯（事情）的意思 　▪ 助_{たす}けてやる／
幫忙（「てやる」為上位者對下位者的語氣） 　▪ ことはないだろう／沒必要⋯吧
（表示沒有⋯的必要）

131

85

じっせき し だい
実績次第だ。

jisseki shidai da.

12

☞ 看個人業績囉。

這份工作是怎麼給薪水的？

A

この仕事、どういうふうにお金をもらうの。

kono shigoto, dooiu fuu ni okane o morau no?

看個人業績囉。

じっせき し だい
実績次第だ。

jisseki shidai da.

B

Point

▶「～次第だ。」（就要看…。）是指結果如何，就由某件事的發展來決定的意思。前面接決定性的事物，這裡很清楚地就得知是以「業績」來決定「薪水」了；另外，還可以表達「一…就…」，例如「お金をもらった次第、商品をいたします。」（一收到錢後，商品就會給您。）就是個例子。

補充單字

- どういうふうに／怎麼樣的，什麼方式
- お金／錢
- もらう／獲得，得到
- 実績／實質成果，業績
- 次第／依據，…作為基準

86 もらえるんじゃない。

moraeru n janai.

• ☞ 應該領得到吧。

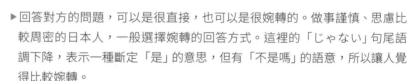

A

> 這個月領得到薪水嗎？
>
> <ruby>今月<rt>こんげつ</rt></ruby>、<ruby>給料<rt>きゅうりょう</rt></ruby>もらえるかしら。
> kongetsu, kyuuryoo moraeru kashira.

> 應該領得到吧。
>
> もらえるんじゃない。
> moraeru n janai.

B

Point

▶ 回答對方的問題，可以是很直接，也可以是很婉轉的。做事謹慎、思慮比較周密的日本人，一般選擇婉轉的回答方式。這裡的「じゃない」句尾語調下降，表示一種斷定「是」的意思，但有「不是嗎」的語意，所以讓人覺得比較婉轉。

補充單字 • • • • • • •

・<ruby>今月<rt>こんげつ</rt></ruby>／這個月　・<ruby>給料<rt>きゅうりょう</rt></ruby>／薪水　・もらえる／能夠得到（原形是「もらう」，表有可能性的型態）　・かしら／嗎（表示輕微的疑問語氣）　・もらえるん／拿得到（「ん」是「の」的口語說法，表示語氣加強）　・じゃない／不是…這樣嗎？（反問語氣）

87 買うことは買いますが。

kau koto wa kai masu ga.

• ☞ 買是想買啦…！

A

> 要買車嗎？
>
> 車を買いますか。
> kuruma o kai masu ka?

> 買是想買啦…！
>
> 買うことは買いますが。
> kau koto wa kai masu ga.

B

Point

▶「ことは〜が」表示「雖然…可是…」之意。表示對某事物持承認的態度，但還是有不滿的地方，態度並不十分積極。

▶句中「買うことは買いますが。」(買是要買，但是…)，表現出 B 雖然有意要買，但因某外在因素而讓他感到不滿意，在猶豫要不要買的意思，態度不很積極。

補充單字 •

• 車／汽車　• 買います／購買（「買う」的鄭重用法）　• 〜が／可是（這裡表示逆接）

88 まあまあだよ。

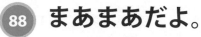

maamaada yo.

・・・・・・・・・・・・・・・・・・・・・・・・・・・・☞ 還過得去啦！

A

工作怎麼樣？

どうなんだ、仕事のほうは。

doo nan da, shigoto no hoo wa.

嗯？還過得去啦！

ん。まあまあだよ。

n? maamaada yo.

B

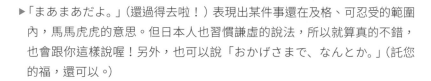

Point

▶「まあまあだよ。」（還過得去啦！）表現出某件事還在及格、可忍受的範圍內，馬馬虎虎的意思。但日本人也習慣謙虛的說法，所以就算真的不錯，也會跟你這樣說喔！另外，也可以說「おかげさまで、なんとか。」（託您的福，還可以。）

補充單字・・・・・・・・・・・・・・・・・・・・・

- どうなんだ／怎麼樣　　- ほう／…方面　　- ん／嗯？（表示疑問的發語詞）
- まあまあ／還好，還過得去

13

それぐらいするんじゃない。

sore gurai suru n janai

☞ 差不多要那個價錢吧！

咦～這件襯衫聽說居然要價 5 萬日圓呢。

A えー、このシャツ、5万円もするって。

ee, kono shatsu, go-manen mo suru tte.

義大利製的嘛，差不多要那個價錢吧！

イタリア製だから、それぐらいする
んじゃない。 **B**

itaria-seeda kara, sore gurai suru n janai?

Point

▶「それぐらいするんじゃない。」表示 B 以常理推斷，覺得應該也差不多是
那種價錢的意思，屬於以客觀角度的判斷。為什麼呢？因為是義大利製的
嘛！當然比較貴；另外，前面以可以加金錢數目，來表示判斷大約值多少
錢的意思，例如「それ、5千円ぐらいするんじない。」（那個大概值 5 千
元吧！）。

補充單字

▪ えー／咦…（表示驚嘆的感嘆詞）　▪ シャツ／襯衫　▪ ～もする／竟然要…
（表示驚訝）　▪ ～って／聽說…（「という」的口語縮約形）　▪ イタリア製／義
大利製造　▪ ぐらい／差不多，大概

90 そうですよ。

soo desu yo.

● 13

· ☞ 對啊。

> 這商品鐵賣的。

A この商品は必ず当たるよ。
しょうひん　かなら　あ

kono shoohin wa kanarazu ataru yo.

> 對啊。

そうですよ。

soo desu yo.　**B**

Point

▶ 當你完全認同某個說法時，就用「そうですよ。」（對啊！）來表現附合對方看法吧！在句尾加上「よ」，就更強調了整句認同的語氣。表示出自己也是如此認為的主張。

補充單字 · · · · · · · · · · · ·

▪ この／這個　▪ 商品／商品　▪ 必ず／一定，必然　▪ 当たる／暢銷，熱賣
　しょうひん　　　　　かなら　　　　　　　　　　あ
▪ そうです／是的

その通り。
sono toori.

（13）

☞ 沒錯！

A
> 商品啊，就是要更快、品質更好、成本更低。不這樣的話…。

商品はね、スピードはより速く、品質はより高く、コストはより低く。じゃないと…。

shoohin wa ne, supiito wa yori hayaku, hinshitsu wa yori takaku, kosuto wa yori hikuku, ja nai to…

> 就沒辦法賺錢！

儲かりません。

mookari masen.

B

A
> 沒錯！

その通り。

sono toori.

Point

▶「その通り。」（沒錯。）是用來表示自己認同對方所說的一切。也就是說「對，你說得對。」、「對，如你所說的。」之意。這句話表現出說話者，在心裡已經有個想法、答案，而回答者也正確說出了這一想法、答案的語意。

補充單字

▪ 〜はね／說到…啊（欲提起某一話題的開場白） ▪ **スピード**／速度 ▪ **より速く**／更快（「より」就是「もっと」的意思） ▪ **品質**／品質 ▪ **コスト**／成本 ▪ **じゃないと**／不這樣的話（「ではないと」的口語縮約形，「と」為假設語氣 "…的話"）

92 # それはそうよ。

sore wa soo yo.

• ☞ 那當然。

A

就算女生在工地工作，也不可能像男生一樣啊。

女性が工事現場で働くといっても、
男のようにはいかないね。

josee ga kooji-genba de hataraku to ittemo, otoko no

yooniwa ikanai ne.

那當然。

それはそうよ。

sore wa soo yo.

B

Point

▶「それはそうよ。」（那當然。）表示 B 認為以常理推斷，怎麼想都是那樣的
意思。屬於附和對方說法的表現；相對地，如果覺得對方的看法有缺陷，
可以使用「どうかな。」（是這樣嗎？）來婉轉的反對。

▶「といっても」（雖說…但…），表示承認前項的說法，但同時在後項引出部
份的修正。

補充單字 • • • • • • • • • •
• **女性**／女性　• **工事現場**／工地　• **働く**／工作　• **といっても**／就算…
• **のように**／像…一樣　• **いかない**／不可能，做不到　• **それはそうよ**／那
當然

93 いいじゃないか。

ii janai ka.

☞ 有什麼關係！

A
> 這個暑假我們去國外旅遊吧。
>
> 今度の夏休み、海外旅行しよう。
> こんど　なつやす　　かいがいりょこう
>
> kondo no natsu-yasumi, kagai-ryokoo shiyoo.

B
> 別去國外旅行啦，太貴了。
>
> 海外旅行はやめようよ。高いから。
> かいがいりょこう　　　　　　たか
>
> kaigai-ryokoo wa yameyoo yo. takai kara.

A
> 有什麼關係！反正很少去啊。
>
> いいじゃないか。めったに行かないのだから。
> い
>
> ii ja nai ka. metta ni ikanai noda kara.

Point

▶「いいじゃないか。」（那有什麼關係。）是用來反駁對方的意見。這裡表示出 A 認為出國玩，貴一點是可以被接受的，通常後面都會緊接著原因。原因是什麼呢？看看後面，就知道是 A 認為反正又不常去國外的關係喔！「いいじゃん」說法更口語。

補充單字
▪ 夏休み／暑假　▪ 海外旅行／國外旅遊　▪ しよう／這麼做吧！（原形為「する」，表示建議、邀約）　▪ やめよう／不要…（原形為「やめる」）　▪ めったに／幾乎…（其後多接「～ない」，表示"極少…"的頻率副詞）　▪ 行かない／不去（「行く」的否定形）

94 そうこなくちゃ。

soo konakucha.

••☞ 這才對嘛！

人生果然還是要積極向上才行啊。

A やっぱ人生、前向きにいかなきゃな。

yappa jinsee, maemuki ni ikanakya na.

這才對嘛！

そうこなくちゃ。 **B**

soo konakucha.

Point

▶ 對話中，B 說「そうこなくちゃ。」（這才對嘛！）是表現出 B 期許對 A 做某件事，而且對 A 之後的言行感到滿意的語感。也就是不這樣怎行、就是要這樣的意思。當自己對某人有期許，那個人也做出正確的判斷時，就用這句話來認同他吧！

補充單字 ••

▪ やっぱ／果然（從「やはり」的口語加強語氣，「やっぱり」轉化而來，意思相同）　▪ 人生／人生　▪ 前向きに／積極向上　▪ なきゃ／不…的話（「なければ」的口語縮約形）　▪ そうこなくちゃ／這樣才對（「そうこなくては」的口語縮約形）

95 それはこっちのせりふよ。 🎧13

sore wa kocchi no serifu yo.

• ☞ 我才想說咧！

A

> 這樣根本沒辦法刊登。
>
> これじゃ載せられない。
>
> kore ja noserare nai.

B

> 啊？！你在說什麼啊？這可是經過完善的問卷調查的結果喔。你還真是不懂人情世故。
>
> えっ。何言ってんだよ。これはちゃんとアンケートしたものだよ。君は世間知らずだ。
>
> e!nani itte n da yo. kore wa chanto ankeeto shita monoda yo.
> kimi wa seken-shirazu da.

A

> 我才想說咧！
>
> それはこっちのせりふよ。
>
> sore wa kocchi no serifu yo.

Point

▶ 日本人吵架時，常聽到「それはこっちのせりふよ。」（我才想說咧！）這句話吧！這句話表示說話者很不滿 B 的責罵，並想將整句話原封不動地還給對方。也就是「我才想說咧！那是我的台詞！」的意思。

補充單字 • • • • • • • • • • •
▪ **載せられない**／無法刊登（能力動詞「載せられる」的否定形） ▪ **何言ってんだよ**／你在說什麼啊？（「何言っているのだよ」的口語縮約形，表示極為詫異的口氣） ▪ **ちゃんと**／好好的，妥當的 ▪ **アンケートしたもの**／經過問卷調查出來的東西 ▪ **世間知らず**／不懂人情世故 ▪ **せりふ**／台詞（也寫成「セリフ」）

96 全然_{ぜんぜん}わかってない。 🎧**13**

zenzen wakatte nai.

• ☞你懂什麼！

A 那種事你不說我也知道。

そんなこと言_いわなくてもわかってるよ。

sonna koto iwanaku temo wakatteru yo.

你懂什麼！要是我失敗了，就再也沒機會了啦。

全然_{ぜんぜん}わかってない。私_{わたし}は失敗_{しっぱい}したら
次_{つぎ}はないの。

zenzen wakatte nai. watashi wa shippai shitara tsugi

wa nai no. B

Point

▸ 當某人完全不了解現況，或是在狀況外，或是不懂事情的輕重緩急時，就
用「全然わかってない。」（你懂什麼！）來說出自己的不滿吧！這句話表
現出 B 對 A 完全不懂情形的抱怨。也可以說「わかってないな、もう。」喔！

補充單字

▪ **そんな**／那種…（在這裡有些微輕視的意思）　　▪ **言わなくても**／就算不說_い

▪ **わかってる**／我知道（即「わかっている」。口語中「い」常會被省略）　▪ **全然**／_{ぜんぜん}
完全　▪ **失敗したら**／如果失敗了的話（動詞過去式後接「ら」表示假設條件，_{しっぱい}
"…的話")　　▪ **次はない**／就沒有下次了（再也沒機會的意思）_{つぎ}

97 うちだって<ruby>同<rt>おな</rt></ruby>じだよ。

uchi datte onajida yo.

🔊 13

············· ☞ 我們也是啊。

> 說到雜誌這東西啊，每期出刊都是生死關鍵呢。

A <ruby>雑誌<rt>ざっし</rt></ruby>っていうのはね、<ruby>一回一回<rt>いっかいいっかい</rt></ruby>が<ruby>勝負<rt>しょうぶ</rt></ruby>なのよ。

zasshi tte iu no wa ne, ikkaiikkai ga shoobu na no yo.

> 我們也是啊。

うちだって<ruby>同<rt>おな</rt></ruby>じだよ。 **B**

uchi datte onajida yo.

Point

▶ 當想要表現自己的處境也是相同時，就用「うちだって同じだよ。」（我們也是啊。）這句話表現出「又不是只有你們才這樣、誰不是啊！」的語感。

▶「だって」前面接名詞，表示連某事物都一樣了，其他的就更不用說了。如果前接疑問詞，就表示全面肯定的意思，例如：「そんな<ruby>人<rt>ひと</rt></ruby>、どこにだってある。」（那樣的人，哪裡都有。）

補充單字 ·····································

▪ **<ruby>雑誌<rt>ざっし</rt></ruby>**／雜誌　▪ **っていう**／…是…（「という」的口語說法，引用出欲講的話題內容）　▪ **<ruby>一回一回<rt>いっかいいっかい</rt></ruby>**／每一次　▪ **<ruby>勝負<rt>しょうぶ</rt></ruby>**／輸贏　▪ **うち**／我們（在這裡表示站在自己所屬的學校、公司等單位的角度說話）

98 わかってるよ。それぐらい。 🎧13

wakatteru yo. sore gurai.

☞ 不用你說我也知道啦。

> 現在的女孩子就算只是150圓日幣，也會好好比較過口味、價錢、功能　等等，全部評比過後再選出最划算的。

A

今の女の子はたかが 150 円でも、
味、値段、効能、全部比較して一番
メリットあるのを選ぶわよ。

ima no onna no ko wa taka ga hyakugojuu-en demo,
aji, nedan, koonoo, zenbu hikaku shite ichiban
meritto aru no o erabu wa yo.

> 不用你說我也知道啦。

わかってるよ。それぐらい。

waka tteru yo. sore gurai.

B

Point

▶ 再明顯也不過、無須多言的事實，還被別人拿出來提醒時，就用「わかってるよ。それぐらい。」(那種事不用你說我也知道。) 語中帶有不悅的語氣，認為對方有小看自己的感覺；也可以說「言われなくてもわかってるよ。」(不用你說我也知道啦！)

▶「たかが」(只不過是) 表示沒什麼了不起，批評的口氣，評價很低之意。

補充單字

- **女の子**／女孩子　・**たかが**／頂多，只是　・**味**／味道　・**値段**／價錢　・
- **効能**／功能　・**メリット**／優點

その言い方はないんじゃないの。

sono iikata wa nain ja nai no.

☞ 不用這樣說吧！

A

空服員充其量也不過就指端茶的不是嗎？

キャビンアテンダントって、たかが
お茶くみじゃない。

kyabinatendanto tte, taka ga ocha-kumi ja nai?

不用這樣說吧！

その言い方はないんじゃないの。

sono iikata wa nain janai no.

B

Point

▶ 當你聽到某人講話太過分時，你就可以用「その言い方はないんじゃない
の。」(不用說成那樣吧！) 來反駁對方的想法。這句話含有對方的講法，
太過偏激、超出限度的語意。用雙重否定的「ないんじゃない」表現出了「沒
必要…吧」的意思。

▶「たかが」表示一種評價，對評價的事物，感到沒什麼了不起的意思。

補充單字

▪ キャビンアテンダント／空服員　▪ ～って／說到… (是「という」的口語縮
約形。引出欲講的話題。)　▪ お茶くみ／端茶水，負責茶水的　▪ じゃない／
不是… (「です」的否定，「ではない」的口語縮約形)　▪ 言い方／說法　▪ な
いんじゃない／不是不…嗎 (雙重否定，即表示肯定的意思)

100 やめるわけにはいかないよ。

yameru wake niwa ikanai yo.

☞怎麼能辭呢！

A

已經辭職啦？

もうやめましたか。

moo yamemashita ka.

怎麼能辭呢！

やめるわけにはいかないよ。

yameru wake niwa ikanai yo.

B

Point

▶ 工作可說是經濟來源，怎麼可以輕易說不做就不做了呢？這時就用「やめるわけにはいかないよ。」來表現吧！這句話表示就客觀的角度來看，是不允許做此行為的意思。

▶「わけにはいかないよ」表示從現況、情理、道德等方面考慮，不應該或不可能做某事。

補充單字

▪ もう／已經　　▪ やめる／辭職，放棄　　▪ わけにはいかない／不能夠，不可以

101 ほんとうかしら。

hontoo kashira?

☞ 真的嗎？

我已經完全戒菸啦。

A タバコはもうさっぱり。
tabako wa moo sappari.

真的嗎？

ほんとうかしら。 **B**
hontoo kashira.

Point

▶ 假如懷疑對方的言行，那就用「ほんとうかしら。」（真的嗎？）來回問對方吧！不過這「かしら」一般是女性表疑問時用的喔！男性的話就說：「ほんとうかな。」。表示質疑真相是否真如對方所說的那樣之意。

▶ 「さっぱり」是「完全不、絲毫不」的意思，在這裡是斬釘截鐵地表示已經戒煙了。

補充單字

▪ タバコ／香菸　▪ もう／已經　▪ さっぱり／完全　▪ ほんとう／真的　▪ かしら／是嗎（對自己或對方表示輕微疑問的用法）

102 どうせ、また同（おな）じことになるよ。 14

doose, mata onaji koto ni naru yo.

☞ 反正結果還不都一樣。

A

> 這次一定能考上吧！

今度（こん ど）こそ合格（ごうかく）するでしょう。
kondo koso gookaku suru deshoo.

> 反正結果還不都一樣。

どうせ、また同（おな）じことになるよ。
doose, mata onaji koto ni naru yo.

B

Point

▶ B 說「どうせ、また同じことになるよ。」（反正結果還不都一樣。）表示他認為以 A 的狀況，再怎麼試，還是會落得一樣的下場。至於是怎樣的下場呢？那就是 A 之前一直重蹈覆轍的失敗啦！

▶「どうせ」（反正）表示知道不會有好結果，含有無可奈何的心情、悲觀的情緒。

補充單字

- 今度（こん ど）／這次 (這裡指最近的將來)　　• こそ／用來特別強調出前面所接的名詞
- 合格（ごうかく）する／考上，上榜　　• でしょう／吧 (表猜測推想)　　• どうせ／反正
- また／又

103 どうでしょうね。

doo deshoo ne.

🎧 14

· ☞ 真是這樣嗎？

A

這批的新進人員感覺還不錯呢。

今度の新人はよさそうだな。
kondo no shinjin wa yosa sooda na.

真是這樣嗎？

どうでしょうね。
doo deshoo ne.

B

Point

▶ 當你認為對方言之過早時，就用「どうでしょうね。」（真是這樣嗎？）來表達自己的感受吧！這句話表現出在事情未定之前，不要太早下結論，要等證實之後，才知道結果如何的語氣。

補充單字 ·

▪ **今度**／這次（這裡指最近的過去）　▪ **新人**／新進人員　▪ **よさそう**／看起來不錯　▪ **どうでしょうね**／真是這樣嗎（表示不甚苟同，帶有些許疑問的語氣）

104 何を言ってるの。

nani o itteru no.

● ☞ 你在說什麼傻話啊？

A

> 我對昆蟲最沒輒了。摸都沒摸過。
>
> 私、虫だめなんです。触ったことも
> ない。
>
> watashi, mushi dame na n desu. sawatta koto mo nai.

B

> 你在說什麼傻話啊？這可是你的工作耶。
>
> 何を言ってるの。これ、君の仕事だ
> ろう。
>
> nani o itteru no? kore, kimi no shigoto daroo.

Point

▶ 當對方跟你說「何を言ってるの。」(說什麼啊你？)，就表示他很不能贊同你的說法。說話者認為此言行荒謬、不能接受的，以常理來說不應該說這種話的意思。

▶「んです」前面接普通形，表示說明導致某種結果的原因、理由。

補充單字

▪ 虫／蟲子　▪ だめ／沒輒，沒法子　▪ なんです／加強語氣的用法。(「なのです」的口語縮約形)　▪ 触った／摸了 (「触る」的過去式)　▪ こともない／沒有過…的經驗 (加在動詞過去式之後，表示 "沒有…的經驗")　▪ だろう／吧，呢 (在這邊語調上揚，屬反問語氣。)

105 何^{なに}もそこまで言^いわなくたって。🎧14

nani mo soko made iwanakuta tte.

●●●●●●●●●●●●●●●●●●●●●●●●● ☞ 也沒必要說成那樣啊！

A

> 剛剛那句話，有點傷人耶！
>
> 今^{いま}の言^いい方^{かた}、ちょっときついよね。
>
> ima no iikata, chotto kitsui yo ne.

> 就是啊。也沒必要說成那樣啊！
>
> そうよね、何^{なに}もそこまで言^いわなくたって。
>
> soo yo ne. nani mo soko made iwanakuta tte.

B

Point

▶ 如果你覺得某言行太過分，就用「何もそこまで言わなくたって。」（也沒必要說成那樣啊！）來反駁吧。這句話表示「不管怎樣也不需要那樣說」的意思。

▶「なくたって」是「なくても」的口語形。原來是「なくてもいい」。

補充單字 ●●●●●●●●●●●●●●

▪ **言^いい方^{かた}**／說法 ▪ **ちょっと**／一點，一些（表示"些微"的程度副詞） ▪ **きつい**／讓人難受的，令人感到辛苦的 ▪ **そうよね**／就是啊 ▪ **何^{なに}もそこまで**／（也沒必要）做到那種程度 ▪ **言^いわなくたって**／就算不說…（「言わなくても」的口語縮約形。「たって」取代「ても」）

106 俺、間違ってると思ってないから。 14

ore, machigatteru to omotte nai kara.

• ☞ 我又沒做錯！

A
> 部長的那番話，你就別太在意了。
>
> 部長の話、あんまり気にしないほうがいいよ。
>
> buchoo no hanashi, anmari ki ni shinai hoo ga ii yo.

B
> 誰會在意啊！我又沒做錯！
>
> 気にするもんかよ。俺、間違ってると思ってないから。
>
> kini suru mon ka yo. ore, machiga tteru to omottenai kara.

A
> 喔，這樣啊…。
>
> あっ、そう…。
>
> a, soo…

Point

▶ 當想要強調自己並沒有認為自己有錯時，就請說「私、間違ってると思ってないから。」（我又不覺得我有錯！）因為不覺得自己有錯，所以才一點都不在意。

▶「…もんか」是「ものか」的口語形。句尾聲調下降，表示強烈的否定情緒。表示說話人絕不做某事的決心，或強烈否定對方的意見。有時有反諷對方的語氣。中文意思是：「哪能…」、「怎麼會…呢」、「決不…」、「才不…呢」等。

補充單字

▪ **部長の話**／部長說的話　▪ **あんまり**／太過…（「あまり」的強調）　▪ **気にしない**／不在意（原形為「気にする」）　▪ **～ほうがいい**／…比較好（表示建議對方這樣做比較好）　▪ **間違ってる**／有錯，錯了

107 またかよ。

mata ka yo.

14

······························· ☞ 又來了。

A

這次的旅行，說不定能找到結婚對象耶。

今度の旅、結婚相手、見つかるかもよ。

kondo no tabi, kekkon-aite, mitsukaru kamo yo.

又來了。

またかよ。

mata ka yo.

B

Point

▶ 當對方在某件事上，不斷地重蹈覆轍時，就用「またかよ。」（又來了。）
來表現自己的感受吧。屬於男性的說法，女性則用「また。」即可。用這
句話表現出了說話者的無奈，帶有夠了、受不了的語氣。

補充單字 ·····

• 旅／旅行　• 結婚／結婚　• 相手／對象，對方　• 見つかる／找到　• かも／…
也不一定（「かもしれない」的省略）　• またかよ／又來了

154

108 そんなの、ナイナイ。

sonna no, nainai.

☞ 你想太多了吧！

A 要是他要跟我約會的話，怎麼辦啊？

どうしようデートに誘（さそ）われたりしたら。

doo shiyoo deeto ni sasoware tari shitara.

你想太多了吧！

そんなの、ナイナイ。 **B**

sonna no, nainai.

Point

▶ 對於 A 的言行，B 發出「そんなの、ナイナイ。」（你想太多了吧！）的感想。表示 B 認為 A 所講的話，是「絕對」不可能發生的。語中稍微帶刺，所以只適用於很親的熟人。

補充單字
- どうしよう／怎麼辦（表示假設語氣的說法） - デート／約會 - 誘（さそ）われたりしたら／被邀約的話 - そんなの／那種事（「の」代替前述整件事情） - ナイナイ／不可能（重複「ない」來加強語氣）

155

109 そんなことないよ。 🎧15

sonna koto nai yo.

☞ 沒那回事啦。

A

最近他很少打電話來呢。

最近、彼あんまり電話かけてこないなぁ。

saikin, kare anmari denwa kakete konai naa.

B

該不會是你們產生距離啦？

ひょっとして、距離できてる。

hyotto shite, kyori dekiteru?

A

沒那回事啦。

そんなことないよ。

sonna koto nai yo.

Point

▶ 想要跟對方說事實並非如此時，就說「そんなことないよ。」（沒那回事啦。）吧！類似用法有「まさか」（最好是）。

補充單字

- **あんまり**／不太…（後面接否定語句時，表示其程度沒有預想的大或多）
- **電話**／電話　- **かけてこない**／沒打 (電話) 來　- **ひょっとして**／難道，該不會是…，莫非　- **距離**／距離　- **できてる**／形成

110 # できるわけがないよ。

dekiru wake ga nai yo.

• ☞ 怎麼可能考得好嘛！

 15

星期一的考試，考得好嗎？

A

月曜日のテスト、できた。
げつよう び

getsu-yoobi no tesuto, dekita?

那麼難的題目，怎麼可能考得好嘛！

あんな難しい問題、できるわけがな
むずか　　　もんだい

いよ。

B

anna muzukashii mondai, dekiru wake ga nai yo.

Point

▶「わけがない」表示從道理上強調不可能，依據某事實或演變，必然得不到的結果。

▶ 想反駁對方那是不可能實現的事情時，就用「できるわけがないよ。」（怎麼可能做得到呢。）吧！表示依常理來看，那麼難的問題是不可能考得好的。

補充單字 •

▪ **月曜日**／星期一　▪ **テスト**／小考，考試　▪ **できた**／順利，做得很好　▪
げつよう び

あんな／那種，那樣的　▪ **難しい**／困難　▪ **問題**／考題，問題　▪ **できるわ**
むずか　　　　　　　　　もんだい

けがない／不可能做到（在這裡指"不可能考好"的意思）

111 彼にやらせるのはどうかな。 🎧15

かれ

kare ni yaraseru no wa doo ka na.

•• ☞ 交給他做好嗎？

A

> 這份工作就交給他來做好了。
>
> この仕事、彼にやらせましょう。
> しごと　かれ
> kono shigoto, kare ni yarase mashoo.

> 交給他做好嗎？
>
> 彼にやらせるのはどうかな。
> かれ
> kare ni yaraseru no wa doo ka na?

B

Point

▶ B 說「彼にやらせるのはどうかな。」（交給他做好嗎？），表現出自己對
這抉擇的疑問。因為依討論對象的過去表現、各種因素來看，覺得自己無
法很放心地將這份工作交給「彼」（他）做。

補充單字 ••••••••••••••••••••••••••••••••••••

• **彼**／他（指男生的 "他"，女生是「彼女」）　• **〜にやらせましょう**／讓…來
かれ　　　　　　　　　　　　　　　かのじょ
做吧（原形是「やらせる」，這裡表示說話者意志）　• **〜のはどうかな**／…這樣
好嗎（表示對前述事情不甚苟同，「かな」為表示疑問）

112 いや、まさか。

iya, masa ka.

🎧 15

●●●●●●●●●●●●●●●●●●●●●●●●●● ☞才怪，最好是啦！

A

那美女，有夠正的…。是你認識的嗎？

あの美人、すっげぇ…。お前の知り合い。

ano bijin, suggee. o-mae no shiriai?

才怪，最好是啦！

いや、まさか。

iya, masa ka?

B

Point

▶「いや、まさか。」（才怪，最好是啦！）表現出前面所講，是自己認為不可能發生的事；另外，也可以像「まさか雨が降るとは思わなかった。」（萬萬沒想到會下雨。）一樣，來強調否認的語感。

補充單字 ●●●●●●●●●●●●●●●●●●●●●

▪ **美人**／美女　▪ **すっげぇ**／超讚，非常棒（「すごい」的口語說法，年輕男生用語）　▪ **お前**／你（較不禮貌的稱呼，因此多用於情侶、夫婦之間〈男生叫女生〉表示親密感）　▪ **知り合い**／認識的人（認識，但還稱不上好朋友）　▪ **いや**／不
▪ **まさか**／怎麼可能

113 わたしもあるの。

watashi mo aru no.

15

··· ☞ 我也是。

A

我有話跟你說。

話<ruby>はなし</ruby>があるんだ。

hanashi ga aru n da.

我也是。

わたしもあるの。

watashi mo aru no.

B

Point

▶ 當自己也有話要跟對方說時，就說「わたしもあるの。」（我也是。）句尾加「の」屬於女性強調主張的用法。

▶「んだ」表示提出一個話題，然後打算以此打開話匣子。

補充單字 ··

▪ 話／話，事情　▪ ある／有　▪ わたし／我　▪ も／也　▪ の／輕微判定，
詞尾下降，多為女性或孩童使用。

114 どこに、そんな金_{かね}あんの。 🎧15

doko ni, sonna kane an no?

• ☞ 但那筆錢打哪來啊？

A

我好想去美國留學呀！

ぼく、アメリカへ留学_{りゅうがく}したいなあ。

boku, amerika e ryuugaku shitai naa.

就算你說想去留學，但那筆錢打哪來啊？

留学_{りゅうがく}したいったって、どこに、そん
な金_{かね}あんの。

ryuugaku shitai tta tte, doko ni, sonna kane an no?

B

Point

▸ 當對方的主張是考慮不周的，沒有顧到現實狀況的，或淨想些不切實際的
夢想，你看不下去時就用「どこに、そんな金あんの。」（錢打哪來啊？）
來把對方拉回現實吧！

▸ 「ったって」是「と言ったって」的口語形。表示對方所言的前項是事實或
成立，後項也不會起到有效的作用，或者後項的結果，與
前項的預期相反。後項有對前項提出相反的判斷、疑問的
含意。相當於「その場合でも」。中文意思是：「即使…，
也…」、「就算…，也…」等。

補充單字 •

▪ ぼく／我（多為小男生自稱 "我" 的說法；男生對同輩以下的人稱呼自己的說
法）　▪ アメリカ／美國　▪ 留学_{りゅうがく}したい／想留學　▪ ～ったって／雖然說是，
儘管說是（「といったとて」的口語說法）　▪ 金_{かね}／錢（講法比「お金」粗俗些）
▪ あんの／有嗎（「あるの」的口語說法）

だめ、高<small>たか</small>すぎる。

dame, taka sugiru.

🎧 15

••••••••••••••••••••••••• ☞ 不行，太貴了。

A

> 這種高跟鞋看起來不錯不是嗎？

> このハイヒールなんか、いいんじゃ
> ないの。
>
> kono haihiiru nanka, ii n ja nai no?

B

> 不行，太貴了。

> だめ、高<small>たか</small>すぎる。
>
> dame, taka sugiru.

Point

▶ 當對方想買的東西金額太高時，就說「だめ、高すぎる。」（不行，太貴
了。）來制止吧！

▶「なんか」是不明確的斷定，說的語氣婉轉，這時相當於「など」。表示從
多數事物中特舉一例類推其它，或列舉很多事物接在最後，相當於中文的
「…之類」、「…等等」的意思。

補充單字 ••

▪ ハイヒール／高跟鞋　▪ なんか／等等，這樣的（舉例用法）　▪ いい／不
錯，好　▪ だめ／不行，不可以　▪ 高<small>たか</small>すぎる／太貴

116 # よかないよ。

yokanai yo.

· ☞ 一點也不好。

A ┤
你不覺得這不錯嗎？

これなんか、いいんじゃないの。
kore nanka, ii n ja nai no?

一點也不好。

よかないよ。
yokanai yo.
├ **B**

Point

▶ 當對方說提議這樣好不好，而想要反駁時就用「よかないよ。」（一點也不好。）吧！這屬於比較隨意的講法，一般是說「よくないよ。」。

▶「よかない」是「よくはない」的口語形，屬於男性用語。用在反駁對方意見的時候。

補充單字 ·

▪ これ／這個（這裡指說話者眼前的東西）　▪ の／嗎（語調上揚表示疑問，多用在與親近的人或小孩講話時）　▪ よかない／一點也不好（「よくはない」的口語縮約形）

163

117 わかるもん。

wakaru mon.

🎧 15

••••••••••••••••••••••••••••••••••••••• ☞ 我就是懂！

A
> 反正跟你說什麼你也不會懂的。
>
> お前になにを言ったって、どうせわかりゃしないよ。
>
> omae ni nani o itta tte, doose wakarya shinai yo.

> 我就是懂！
>
> わかるもん。
>
> wakaru mon.

B

Point

▶ 當對方跟你說你是不會懂的時候，如果自己是懂的，就反駁對方說「わかるもん。」（我就是懂啊。）另外，例如別人質疑自己是辦不到某事時，可以回他「できるもん。」（我做得到！）。

▶ 「たって」意思跟「ても」相同，表示假定的條件，也就是不論在什麼條件下，結果都相同。後接的是跟前項條件不合的事。

補充單字 ••••••••••

▪ なに／什麼 ▪ 言ったって／就算說…（「言っても」的口語用法） ▪ どうせ／反正 ▪ わかりゃしないよ／不會懂的，沒辦法懂的（「わかったりはしないよ」的口語用法） ▪ わかるもん／我就是知道（「もん」是「もの」的口語，在這裡表示原因的說明）

(16)

118 何やってんだよ。
なに

nani yatte n da yo.

⋯⋯⋯⋯⋯⋯⋯⋯⋯⋯☞ 你做什麼！？

你做什麼！？居然跟那些傢伙跳舞。

A
何やってんだよ。あんな奴等と踊る
なに　　　　　　　　　　　　やつら　　おど
なんて。

nani yatte n da yo. anna yatsura to odoru nante.

怎樣啦！也不過只是跳舞啊。

なによ。踊ってただけじゃない。
　　　　おど

nani yo. odotteta dake ja nai.

B

Point

▶ 當有人說「何やってんだよ。」（你做什麼！？），就表示他認為你做了不
該做的事，帶有抱怨的語氣。有時候後面會加上一句「もう、まったく」（真
是的）來加強不滿的語氣。

▶「なんて」表示對所提到的事物，帶有輕視的態度。

補充單字 ⋯⋯⋯⋯⋯⋯⋯⋯

▪ **何やってんだ**／你做什麼（「何をやっているのだ」的口語縮約形） ▪ **あんな**
なに
奴等／那些傢伙（同「かれら」，帶有輕蔑或親密的語感，是較為粗魯的說法）
やつら
▪ **踊る**／跳舞 ▪ **なんて**／那樣的事，那種事（對前接事項有所輕視、不屑的
おど
用法） ▪ **だけ**／只是，只有 ▪ **じゃない**／啊（「ではない」的口語。在這裡並
非否定而是表示判定的意思，語調下降）

119 # 大_{おお}きなお世_{せわ}話だよ。

ookina osewada yo.

☞ 不用你雞婆啦！

我覺得你還是換條領帶比較好啦。

A やっぱりネクタイ、替_かえたほうがい
いよ。

yappari nekutai, kaeta hoo ga ii yo.

啊？不用你雞婆啦。

えっ、大_{おお}きなお世_{せわ}話だよ。 **B**

e, ookina osewada yo.

Point

▶ 有人關心是一件好事，但太過於干涉，或超過分寸，可就令人受不了了，
這時就用「大きなお世話だよ。」（不用你雞婆啦。）來表現自己的不悅吧！
就像字面一樣，「世話」本來是關心、照顧的意思，但太「大きい」（大）的
話可就令人承受不了了。

補充單字
▪ **やっぱり**／還是（「やはり」的口語用法） ▪ **ネクタイ**／領帶 ▪ **替_かえた**／換，
更換（「替える」的過去式） ▪ **～ほうがいい**／…比較好（常用來建議對方時）
▪ **大_{おお}きなお世_{せわ}話**／雞婆，多餘的關心（「世話」表幫忙，加「大きな」則表示過多
的關照）

120 悪かったね。専業主婦で。

わる　　　　せんぎょうしゅ ふ

warukatta ne, sengyoo-shufu de.

• ☞ 歹勢喲！我像個家庭主婦。

A ｜

> 櫻子不管怎麼看，感覺就是個家庭主婦呢！

桜子は、どっからどう見ても専業主
婦って感じ。

さくら こ　　　　　　　　　　　　　み　　せんぎょうしゅ

ふ　　　かん

saurako wa, do kkara doo mitemo sengyoo-shufu tte
kanji.

> 歹勢喲！我像個家庭主婦。

悪かったね。専業主婦で。

わる　　　　せんぎょうしゅ ふ

warukatta ne, sengyoo-shufu de.

｜ B

Point

▶ 道歉方式有很多種，例如「悪かった」（是我不好）就是一種，表現出比較
隨意的語感。但是如果像「悪かったな。デブで。」（歹勢喲！我就是個胖
子。）這樣後面加諷刺意味的詞時，就不是真的在道歉，而是對對方譏笑或
嫌棄自己，發洩不滿的情緒。

補充單字• • • • • • • • • • • • • • • • •

▪ **どっから**／不論從哪邊（「どこから」的口語用法）　▪ **どう見ても**／怎麼看，
不管怎看　▪ **専業主婦**／專業主婦　▪ **〜って感じ**／感覺就像…（「って」為「と
いう」的口語，帶出講話的內容）　▪ **悪かったな**／歹勢喲！

121 なに言ってんの。

nani itten no.

· ☞ 你在說什麼傻話啊？

A

我果然還是沒辦法成為小亮心目中的那種妻子。

やっぱり私、亮ちゃんが望んでるよ
うな奥さんにはなれない。

yappari watashi, ryoo-chan ga nozonderu yoona oku-
san niwa narenai.

你在說什麼傻話啊？

なに言ってんの。

nani itten no?

B

Point

▶「なに言ってんの。」（你在說什麼傻話啊？）是說話者不滿對方所說的表
現。原因有可能是太不合常理、太荒唐等，而讓說話者不認同這一言行。
例如「なに言ってんの、今更。」（你現在說這個有什麼用！）就是個例子。

補充單字 ·

▪ ～が望んでるような／如同…所期望的… ▪ 奥さん／妻子 ▪ ～にはなれ
ない／無法成為… ▪ なに／什麼 ▪ の／啊（口語用法，語調上揚表疑問）

122 **この始末だ。**

kono shimatsu da.

· ☞ 就是這種下場。

A
> 這是太郎寫的。
>
> **これは、太郎が書いたのです。**
> kore wa, taroo ga kaita no desu.

> 又來？交給太郎做就是這種下場。
>
> **またか。太郎にやらせるとすべてこの始末だ。**
> mata ka? taroo ni yaraseru to subete kono shimatsu da.

B

Point

▶ 對話中「この始末だ。」(就是這種下場。) 表現出 B 對太郎的做事態度等有相當程度的了解，而且也知道交給他做，全部都會落到同一下場。由於語中帶有抱怨的口氣，所以通常後接不好的下場。

補充單字 ·

▪ **これ**／這個　▪ **書いた**／寫了 (「書く」的過去式)　▪ **の**／是 (表示輕微的判定)

▪ **またか**／又來了嗎 (表示所指的對象之前有發生過，現在又出現)　▪ **～と**／…的話 (假設用法)　▪ **すべて**／全部　▪ **始末**／情況，下場

うるさいな。
urusai na.

☞你很囉唆耶！

A 又失敗了吧？
また、失敗（しっぱい）しただろう。
mata, shippaishita daroo?

你很囉唆耶！
うるさいな。
urusai na.
B

Point

▶當心情不好時，旁邊的人還來潑冷水，真的會很不舒服。這種時候就說「うるさいな。」（你很囉唆耶！）來表示自己的不滿，並制止他的言行吧！另外，想進一步請他走開，就說「あっち行（い）って。」（閃一邊去啦！）

補充單字
・また／又　・失敗（しっぱい）した／失敗了（原形為「失敗する」）　・だろう／吧（「でしょう」的口語用法，屬反問語氣）　・うるさい／囉唆，吵死了　・な／啊（與「ねえ」同，但口氣較不溫和，表示情緒的語調助詞）

124 調子に乗るなよ。

chooshi ni noru na yo.

● ☞ 別得寸進尺了！

> 如果是你要請客的話，就來點更豪華的吧。
>
> ## あなたのおごりなら、もっといいものを頼もう。
>
> anata no ogori nara, motto ii mono o tanomoo.

> 別得寸進尺了！
>
> ## 調子に乗るなよ。
>
> chooshi ni noru na yo.

B

Point

▶ 有些人吃了太多甜頭，或被人家一稱讚，就會得意忘形而忘了分寸。對於這種人，就用「調子に乗るなよ。」(不要得寸進尺了。)來提醒他吧！另外，可以像「強いからって、調子に乗るなよ。」(不要因為自己強，就得意忘形了。) 一樣，在前面加上原因。

補充單字

▪ **あなたのおごる**／你請客 (在條件句或修飾名詞的子句裡，「が」可以換成「の」)　▪ **なら**／…的話 (表示某個前提條件)　▪ **もっと**／更　▪ **頼もう**／點…吧 (「頼む」有拜託、點餐等等的意思)　▪ **調子に乗る**／得意忘形，得寸進尺　▪ **な**／不要… (動詞原形直接加「な」表禁止)

125 楽しいもんか。

tanoshii mon ka.

・・・・・・・・・・・・・・・・・・・・・・・・・・・・・・・・ ☞ 最好是！

A

這次旅行玩得很愉快吧！

今度の旅行は楽しいでしょう。

kondo no ryokoo wa tanoshii deshoo.

最好是！

楽しいもんか。

tanoshii mon ka.

B

Point

▶ 這次跟老公到夏威夷玩，兩個人在旅途中意見不合，差點鬧離婚。這時候回到國內，不知情的人，卻問你應該玩得很高興吧！那麼就用「楽しいもんか。」（最好是！）來強烈否定他這句話。當事實完全並非對方所言時，想要反駁對方就用這句「もんか」來表達自己的不滿。「もんか」表示強烈的否定情緒，這裡是強烈否定對方的話或意見。

補充單字

▪旅行／旅行　▪楽しい／愉快，快樂　▪でしょう／吧（語調上揚表確認，說話者語中帶有期待對方認同的語意）　▪～もんか／怎麼可能…，最好是會…（強烈否定前述事項，女生多講「ものですか」）

126 いい加減^{かげん}にしてよ。 🎧 **16**

ii kagen ni shite yo.

· ☞ 你別太過分了！

A

> 妳說想要分手，肯定是在外面有男人吧。
>
> 別^{わか}れたいって言^いうのは、男^{おとこ}がいたんだな。
>
> wakaretai tte iu no wa, otoko ga ita n da na.

> 你別太過分了！
>
> いい加減^{かげん}にしてよ。
>
> ii kagen ni shite yo.

B

Point

▶ 當對方的言行太過分時，你大可用「いい加減にしてよ。」（你不要太過分了！）來告訴他要有分寸一點。這句話帶有抱怨、不滿的語氣。後面可加「もう」來加強語氣。

 補充單字 · · · · · · · · ·

▪ 別^{わか}れたい／想要分手（原形是「別れる」，此是表示個人希望的用法）　▪ 〜って言^いうのは／…是…（「と言うのは」的口語用法，前接欲講的內容）　▪ 男^{おとこ}／男人　▪ いたんだな／有了（「いたのだな」的口語，在這邊有"擁有"的意思）　▪ 加減^{かげん}／程度（表示某事物的情況的程度）

127 言ってくれるよな。

い

itte kureru yo na.

☞ 虧你說得出口！

A

你們兩個人走在一起，真像牛郎呀！

そうやってあなたたち二人並ぶと、

ふたり なら

しみじみホストよねえ。

soo yatte anatatachi futari narabu to, shimijimi hosuto

yo nee.

牛郎…？

ホスト…。 **B**

hosuto…?

哈哈！牛郎啊！虧你說得出口！

C

ハハ、ホストかあ。言ってくれるよな。

い

haha, hosuto kaa. itte kureru yo na.

Point

▶ 當對方在當事人面前，大剌剌地說出，一般人不敢直接講的事情時，就用
「言ってくれるよな。」(虧你說得出口！)來表達自己的感受。通常講的大
多是負面評價的內容，但也可像「嬉しいこと言ってくれる
よな。」(真是會講些令人高興的話。)一樣，前面加正面評
價的內容。

う   い

補充單字

▪ **そうやって**／這樣　▪ **あなたたち**／你們　▪ **並ぶ**／並排　▪ **〜と**／一…

なら

就…（表示條件）　▪ **しみじみ**／深切的　▪ **ホスト**／牛郎　▪ **〜かあ**／…啊（重

複對方說過的話，來說給自己聽做確認）　▪ **言ってくれるよな**／虧你說得出口

174

128 もうあきれた。

moo akireta.

· ☞ 我受夠了。

17

A

我要做什麼是我自由。你別管我！

何<small>なに</small>しようと私<small>わたし</small>の勝手<small>かって</small>でしょ。ほっといて。

nani shiyoo to watashi no katte desho.hotto ite.

我受夠了。

もうあきれた。

moo akireta.

B

Point

▶ 當你對某人已經無法忍受、想要放棄他時，就用「もうあきれた。」(我受夠了。) 來表現。語中帶有「敗給你了、沒想到你可以那麼⋯」的語氣。

補充單字

▪ 何<small>なに</small>しようと／不管做什麼 (同「何をしても」) ▪ 勝手<small>かって</small>／任意，自由 ▪ でしょ／吧 (即「でしょう」，語調上揚表疑問) ▪ ほっといて／別管⋯ (「ほうっておく」的口語用法) ▪ もう／已經 ▪ あきれた／厭煩了，膩了 (「あきれる」的過去式)

知らないわよ、そんなもの。 🎧17

shiranai wa yo,sonna mono.

·· ☞ 誰知道啊！

A

我的泡麺剛剛明明放在這裡的。你有看到嗎？

僕のカップラーメン、ここに置いといたのに。知らない。

boku no kappu-raamen,koko ni oitoita noni.shiranai?

誰知道啊！

知らないわよ、そんなもの。

shiranai wa yo,sonna mono.

B

Point

▶ 當有人在找東西，問起自己知不知道時，想表達「誰知道啊！」的意思，就用「知らないわよ、そんなもの。」吧！說這句話，表示自己完全不會去碰觸到該東西，所以強調自己是不可能知道的。

補充單字···

- カップラーメン／泡麺
- 置いといた／放著（「置いておいた」的口語用法）
- のに／明明就…（表示情出乎意料）
- 知らない／不知道（這裡語調上揚表示疑問）
- 知らないわよ／誰知道啊

130 まさか。

masa ka.

.... ☞ 最好是！

A

嘿，說不定錢也是那個人偷的。

ねぇ、お金^{かね}もあの人^{ひと}が盗^{ぬす}んだかもよ。

nee,okane mo ano hito ga nusunda kamo yo.

B

最好是！

まさか。

masa ka.

Point

▶「まさか。」（最好是啦！）是用來表現對話中的事，怎麼想也都不可能會發生的意思。對話中，B 用常理判斷，認為錢應該不可能是那個人偷的，所以才順口說出這句話。

補充單字

▪ **ねぇ**／嘿（引起對方注意的一種叫人的用法） ▪ **あの人^{ひと}**／那個人 ▪ **盗^{ぬす}んだ**／偷了（「盗む」的過去式） ▪ **かも**／可能，不一定 ▪ **まさか**／怎麼可能，最好是

131 冗談じゃないよ。

じょうだん

joodan ja nai yo.

(17)

☞ 開什麼玩笑！

> **A** 大島來了嗎？
>
> **大島君は来た。**
> おおしまくん　き
> ooshima-kun wa kita?

> 還沒。
>
> **まだです。**
> mada desu.
>
> **B**

> **A** 開什麼玩笑！居然第一天就遲到。
>
> **冗談じゃないよ。初日から遅刻なんて。**
> じょうだん　　　　　　　しょにち　　ちこく
> joodan ja nai yo.sho-nichi kara chikoku nante.

Point

▶生活中有些玩笑是很有趣的，但是當必須要正經時，就得要識相才行。「冗談じゃないよ。」（開什麼玩笑！）是表現出「就算這是玩笑，也太過火了。」的意思。這個對話中，表現「大島君」是個新進社員，上班第一天，竟然遲到，這不是太沒有常識了嗎？A 針對這一點用「冗談じゃない よ」表示不滿的情緒。

補充單字

▪**来た**／來了嗎（語調上揚表疑問）　▪**まだ**／還沒　▪**冗談じゃない**／開什麼
き　　　　　　　　　　　　　　　　　　　　　　　　　　　　じょうだん
玩笑（帶有強烈否定、責難之語氣）　▪**初日**／第一天　▪**から**／從…（表時間
　　　　　　　　　　　　　　　しょにち
的起點）　▪**遅刻**／遲到　▪**なんて**／居然，竟然（對前接事項有所意外、輕視
ちこく
的用法）

132 まったく。

mattaku!

☞真是的！

A〈
高橋，玩什麼玩！

<ruby>高橋<rt>たかはし</rt></ruby>。<ruby>何遊<rt>なにあそ</rt></ruby>んでんだ。
takahashi!nani asonden da.

對不起。

すみません。
sumimasen.

〉B

真是的！

A〈
まったく。
mattaku!

Point

▶「まったく」用在強調否定的情緒時。要抱怨某人的言行時，就用「まったく。」（真是的！）吧！意思是說話者受不了聽話者的行為，公司這麼忙，還在那裡喝茶聊天；另外，也可像「まったくそのとおりだ。」（正如你所言。），用來表示聽了對方的話後，深有同感的意思。

補充單字

▪ <ruby>何<rt>なに</rt></ruby>／什麼　▪ <ruby>遊<rt>あそ</rt></ruby>んでんだ／玩（「遊んでいるのだ」的口語縮約形）　▪ すみません／不好意思，對不起　▪ まったく／真是的，實在是（說話者帶有無法忍受的語感）

133 ずるいよ。

zurui yo.

• ☞ 偏心啦！

A
> 這是給姐姐的，這是給弟弟的。
>
> **これはお姉_{ねえ}さんに、これは弟_{おとうと}に。**
> kore wa o-neesan ni,kore wa otooto ni.

> 沒有我的嗎？偏心啦！
>
> **私_{わたし}はないの。ずるいよ。**
> watashi wa nai no.zurui yo.
B

Point

▶ 當身邊的人，做出狡猾、偏心的事情時，就用「ずるいよ。」來表現自己的不滿吧！說話者帶著不滿的心情，指出對方為了自己的利益，而做出偏心、狡猾的行為，而且還掩飾得很好。含有「偏心啦、不公平」的語感。

補充單字 •
- **お姉_{ねえ}さん**／姊姊（對他人姊姊的敬稱）
- **これは～に**／這是給…的
- **～ないの**／沒有…嗎（「の」語調上揚表疑問）
- **ずるい**／偏心，狡猾

134 もう、話にならない。

moo,hanashi ni naranai.

☞ 夠了，真不像話！

A
> 你唷，身為專家的自覺還不夠喔。
>
> **君、プロの自覚が足りないよ。**
>
> kimi,puro no jikaku ga tarinai yo.

B
> 但對方也有錯呀！
>
> **でも、相手も悪いでしょう…。**
>
> demo,aite mo warui deshoo….

A
> 夠了，真不像話！
>
> **もう、話にならない。**
>
> moo,hanashi ni naranai.

Point

▶ B 聽到 A 那不見反省的發言，就很生氣地說：「もう、話にならない。」（夠了！真不像話！）。表示 B 認為 A 太不知悔改，無法再跟他講下去的意思。

補充單字

- **プロ**／職業的，專家　　■ **自覚**／自覺　　■ **足りない**／不夠　　■ **でも**／但是
- **相手**／對方　　■ **悪い**／不好，有錯　　■ **話にならない**／不像話，不值得一提

135 勝手に見ないでよ。

かって　み

katte ni minaide yo.

18

• ☞ 不要隨便亂看啦！

哇〜。真好。情書耶！

A わー、いいなぁ、ラブレター。

waa,ii naa,raburetaa!

不要隨便亂看啦！

かって　み
勝手に見ないでよ。

katte ni minaide yo.

B

Point

▶ 沒有經過對方同意，擅自看別人的信，可是侵犯他人的隱私權的喔！遇到
這種人，就趕快說「勝手に見ないでよ。」（不要隨便亂看啦。）來表示自
己的不悅並制止他吧！

補充單字 • • • • • • • • • • • •

・わー／哇　・いいなぁ／真好（「なぁ」帶有感嘆的意思）　・ラブレター／情書
（同 loveletter）　・勝手に／隨意的，任意的　・ないで／不，別

かって

136 最低。
さいてい

saitee.

• ☞ 你真差勁！

18

> 你啊，還不是靠父母的庇蔭，才被調到企劃部裡來的。

A 〈 君さ、親の七光りで企画部に呼ばれ
きみ　　おや　ななひか　　きかくぶ　　よ
たようなもんじゃない。

kimi sa, oya no nanahikari de kikakubu ni yobareta yoona mon janai.

> 你真差勁！

最低。
さいてい

saitee.

〉 B

Point

▶「最低。」（你真差勁！）是用來表示某人的行徑，叫人無法忍受，已經超過自己的忍耐的限度了。因為牽連到品性，所以含有「好爛、好沒品」的語意。

補充單字

- **君**／你（稱對方的親密叫法，在現代語中是男性用來稱呼平輩、晚輩的叫法）
きみ
- **親の七光りで**／父母的庇蔭　　**企画部**／企劃部　　**に呼ばれた**／被叫
おや　ななひか　　　　　　　　　　きかくぶ　　　　　　　　よ
到…，被調到…　　**最低**／差勁
さいてい

137 # せかすなよ。

sekasu na yo.

🎧 18

··· ☞ 催什麼催啦！

A

你還在那邊摸什麼！？快去啊！

何もたもたしてんのよ。早く行ってよ。

nani motamota shite n no yo! hayaku itte yo!

催什麼催啦！

せかすなよ。

sekasu na yo.

B

Point

▶ 有句話叫「欲速則不達」，如果太焦急於某事，很容易就會出差錯。想表現這份心情，就用「せかすなよ。」（催什麼催啦！）吧。後面可接「余計に焦っちゃうじゃない。」（這樣反倒讓我焦急啦！），來告訴對方不要催的原因。「せかす」是催促對方的動作、行為速度比一般再快一點之意。

補充單字

・もたもた／東摸西摸，動作慢吞吞　・してんだ／一直…（「しているのだ」的口語）　・早く／快一點　・行ってよ／快去啊（「行く」的輕微命令用法）
・せかすなよ／催什麼催啦（動詞原形接「な」，表示禁止）

184

138 贅沢言うな。
ぜい たく い

zeetaku iu na.

· ☞ 少挑了。

🎧 18

老婆啊，今天的菜就只有漢堡肉啊？

A ねえ、今日のおかずはハンバーグだけ。
きょう

ne,kyoo no o-kazu wa hanbaagu dake?

少挑了。快吃！

贅沢言うな。さっさと食べな。
ぜいたく い   た

zeetaku iu na.sassa to tabe na.

B

Point

▶「贅沢」是指過度揮霍、過份講究之意，也含有過度的要求、奢望的意思。現代人的通病是「想要的總比需要的多」。人要知足常樂，有些東西夠用就好了，不應該再奢求。「贅沢言うな。」（別挑了。）就是要告訴對方，不要挑三檢四、要求過度。當然，如果是媽媽看到孩子這樣，通常會接著說「バチが当たるぞ。」（會遭天遣的喔！）
あ

補充單字 ·

▪ おかず／配菜　▪ ハンバーグ／漢堡肉　▪ だけ／只有　▪ 贅沢／奢侈，過
ぜいたく
份講究　▪ さっさと／快一點，趕緊

139 勘弁してよ。

kanben shite yo.

☞ 你就饒了我吧！

18

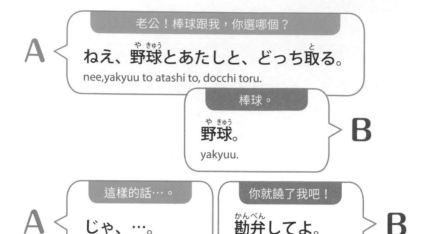

A — 老公！棒球跟我，你選哪個？
ねえ、野球とあたしと、どっち取る。
nee, yakyuu to atashi to, docchi toru.

棒球。
野球。
yakyuu.
— B

A — 這樣的話…。
じゃ、…。
ja, ….

你就饒了我吧！
勘弁してよ。
kanben shite yo.
— B

Point

▶ 當對方提出的要求太過分，經自己評估後，發現是無法做到、很難做到的事時，就用「勘弁してよ。」（你饒了我吧！）來反應自己受不了了吧！這跟做錯事時求饒的「許してください。」（請原諒我。）不一樣喔！另外，也可以用在對方舉止太讓你無法忍受的情況，例如唱歌太不堪入耳等。

補充單字

▪ **あたし**／我（「わたし」的俗語） ▪ **野球**／棒球 ▪ **どっち**／哪個，哪邊（同「どちら」的口語用法） ▪ **取る**／選擇 ▪ **勘弁して**／饒了我

140 趣味悪いね。

しゅ み わる

shumi warui ne.

☞ 品味真差耶！

你還是老樣子，選領帶的品味真差耶！

A

相変わらずネクタイの趣味悪いね。

あい か　　　　　　　　　　　　しゅ み わる

aikawarazu nekutai no shumi warui ne.

你這是對10年沒見的前男友說的話嗎？

それが 10 年振りに逢った元彼に言う

じゅう ねん ぶ　　　　　あ　　　もとかれ　い

ことか。

B

sore ga juu-nen-buri ni atta moto-kare ni iu koto ka?

Point

▶「趣味」除了表達興趣、風趣之外，也可以用來表現某人的鑑賞力、品味的意思。而「趣味悪いね。」（品味真差。）就是表現某人的品味很不好、沒眼光的意思。

補充單字

‧ **相変わらず**／依舊　‧ **趣味悪い**／品味不好，品味差　‧ **それ**／那（指前面
あい か　　　　　　　　　　　　　しゅ み わる
所提的話）　‧ **～年振り**／相隔…年　‧ **逢った**／見面（「逢う」的過去式）　‧
　　　　　　　　　ねん ぶ　　　　　　　　　　　　あ
元彼／前男友　‧ **～に言うことか**／該是對…講的話嗎
もとかれ　　　　　　　　　　　い

141

歩きながらもの食うなよ。
aruki nagara mono kuu na yo.

🎧 **18**

・・・・・・・・・・・・・・・・・・・・・・・・・・・・・☞ 別邊走邊吃啦！

A

你呀！別邊走邊吃啦！

お前、歩きながらもの食うなよ。
omae, aruki nagara mono kuu na yo.

有什麼關係。

いいじゃん。
ii jan.

B

Point

▶ 日本人認為邊走邊吃不但不雅觀，也很危險，還很可能造成他人的困擾。當有人邊走邊吃，身邊的人通常就會說「歩きながらもの食うなよ。」（不要邊走邊吃啦。）來制止他！

▶ 「じゃん」是「じゃないか」、「ではないか」的口語形，用在確認對方是不是認同自己的推測，是尋求對方同意的說法。也用在對意外的發生的事感到吃驚，例如「すごいじゃん、100点とるなんて」（真厲害，考100分！）

補充單字

・**お前**／你（口語的第二人稱，對親密的同輩、晚輩、或夫妻間都可使用）　・**歩きながら**／邊走邊…（表示動作同時進行）　・**もの**／東西　・**食うな**／不要吃（動詞原形接「な」，表禁止）　・**いいじゃん**／有什麼關係

142 ケチ。

(18)

kechi!

····················· ☞ 小氣！

A

> 是信耶！上面寫什麼？我要看～給我看看有
> 什麼關係嘛！就說給我看看嘛，小氣鬼！

手紙だ、何が書いてあんの。見せて、
見せてくれたっていいじゃん。見せ
てったら、ケチ。

tegami da,nani ga kaite an no?misete,
misete kureta tte ii jan!misetettara, kechi.

> 不要，不要，我說不要就是不要！

やめて、やめて、やめてってば。

yamete,yamete,yemete tteba.

B

Point

▶「ケチ。」（小氣鬼！！）這句話，是用來形容自己覺得某人很吝嗇的意思。
自己覺得這樣做也無所謂，但對方卻很不大方，不肯去做。

▶「見せてったら」的「ったら」用在催促對方，叫你這麼做，你怎麼不做啊
的時候；「やめてってば」的「ってば」是「ったら」的口語形，在這裡是
表示對對方一而再再而三的催促，感到不耐煩，有強烈不
滿的口氣。

補充單字
• **手紙**／信 • **あんの**／有什麼（「あるの」的口語用法） • **見せて**／給…看
（原形「見せる」，表示拜託、輕微的命令） • **〜くれたっていいじゃん**／就…
又有什麼關係！（「くれたって」即「くれても」的口語用法） • **ケチ**／小氣
• **やめて**／不要這樣（原形「やめる」，表示拜託、輕微的命令） • **〜ってば**／
就說了是…嘛（口語用法，表示不耐煩的語氣）

Ch8 驚訝

19

143 **そこまでするかよ。**

soko made suru ka yo.

• ☞ 有必要做到那樣嗎？

A

> 我去整形囉。割了雙眼皮、種了假睫毛、還在胸部裡塞了鹽水袋…。
>
> **あたし整形(せいけい)したの。目(め)は二重(ふたえ)にして、睫毛(まつげ)も植(う)えて、胸(むね)は生理食塩水(せいりしょくえんすい)バッグ…。**
>
> atashi seekee shite no.me wa futae ni shite,
> metsuge mo uete, mune wa seerishokuensui-baggu….

B

> 有必要做到那樣嗎？
>
> **そこまでするかよ。**
>
> soko made suru ka yo.

A

> 又沒什麼大不了的！
>
> **どうってことないわよ。**
>
> doo tte koto nai wa yo.

Point

▶ 某人為了某目的，而使盡各種方法達成時，男性可以用「そこまでするかよ。」（有必要做到那樣嗎？）來反應自己看不下去的感覺。含有覺得對方作法太過火，認為沒必要做到那程度的語感。女性請用「普通、そこまでする。」，記得語調要上升喔！

補充單字 • • • • • • • • •

▪ **整形(せいけい)した**／整形了（「整形する」的過去式） ▪ **二重(ふたえ)**／雙眼皮 ▪ **植(う)えて**／植、種（原形「植える」，後面接其他句子或詞性的形態） ▪ **生理食塩水(せいりしょくえんすい)バッグ**／隆胸手術使用的鹽水袋 ▪ **する**／做 ▪ **どうってことない**／沒什麼大不了

144 **えっ。**
e?

☞咦！？

一起洗澡吧。

A **一緒にお風呂入ろっか。**
いっしょ ふ ろ はい
issho ni o-furo hairo kka.

咦！？

えっ。
e?
B

Point

▶「えっ。」（嗯！？）用在對方的發言，實在太突然了，而令人感到吃驚的時候。

▶「入ろっか」是「入ろうか」的口語促音化的表現。鄭重的說法是「ましょうか」。表示勸誘對方跟自己一起做某事。用在觀察對方的心情、狀況，而勸誘對方跟自己一起做某事。也用在做那一行為、動作，事先已經跟對方約好，或已經成為習慣的情況，而詢問做什麼事？何時去？去哪裡？可譯作「做…吧」。

補充單字

▪**一緒に**／一起　▪**お風呂**／澡盆，大眾浴池　▪**入ろっか**／去…吧（"在心裡對自己說"的語感。「入ろっか」是「入ろうか」的口語）　▪**えっ**／咦！？
いっしょ　　　　　　ふ ろ　　　　　　　　　　はい

145 **うそ。**

uso!

· ☞ 真的假的！

🎧 19

A
> 田中同學！睡到頭髮都翹啦！
>
> 田中さん。頭の寝ぐせ。
>
> tanaka-san!atama no neguse.

> 啊？！真的假的！
>
> え。うそ。
>
> e?uso!

B

Point

▶「うそ。」除了表示對方欺騙自己以外，也可以表示因事實太令人吃驚，而做出來的反應。含有說話者一時無法接受某事實的語感，也可以說是「真的假的！？」的意思。

補充單字

‧**頭**／頭　‧**寝ぐせ**／頭髮睡到亂翹　‧**え**／啊（上揚表驚訝）　‧**うそ**／不會吧，騙人

146 そんなバカな。

sonna baka na.

●●●●●●●●●●●●●●●●●●●●●●●●●●●●●●●●●●●●●☞怎麼會！

🎧 19

A
> 啊！沒有！沒有！
>
> あっ、ない…ない。
>
> a,nai…nai!

B
> 怎麼了？田中先生。
>
> どうしたんですか。田中さん。
>
> doo shita n desu ka?tanaka-san.

A
> 錢包啦。我的錢包不見了…。
>
> 財布だよ。私の財布がない…。
>
> saifuda yo.watashi no saifu ga nai….

B
> 怎麼會！
>
> そんなバカな。
>
> sonna baka na.

Point

▶ 當某事已經脫離了常理、叫人無法置信時，就用「そんなバカな。」（怎麼會！）來表現。這句話含有說話者以常理、知識等來推斷，還是沒有辦法相信某事，叫人太過於吃驚的意思；對話中，說話者因為剛剛還有見到錢包，所以以常理來判斷，不可能馬上就不見。

補充單字●●●●●●●●●●●●●●●●●●●●●●●●

▪**ない**／沒有（相反詞為「ある」：有）　▪**どうしたんですか**／怎麼了？（「の」在口語中常常轉化為「ん」，有加強詢問的口氣的作用）　▪**財布**／錢包　▪**そんなバカな**／怎麼會（其後省略了「こと」，「バカ」是指荒唐、不合理）

147 もう、信じられない。

moo, shinjirarenai.

19

☞ 真不敢相信！

A 〈
為什麼沒把筆還給太郎呢？

どうして太郎にペンを返さなかったの。

dooshite taroo ni pen o kaesanakatta no?

我忘了我有跟他借。

借りてるの忘れちゃって。

kariteru no wasure chatte.

〉 B

A 〈
天啊，真不敢相信！

もう、信じられない。

moo, shinjirarenai.

Point

▶ 當某人做出讓自己吃驚到不行的事情時，就用「もう、信じられない。」（天啊，真是不敢相信。）吧！由於含有抱怨的口氣，所以所針對的內容幾乎都是負面的。這句話表現出「真是不敢相信，怎麼會有你這種人！」的意思。

▶「の」用在提問的時候。可以是口氣委婉的詢問，也可以是態度強硬，盤問式的詢問或要求。

補充單字

▪ どうして／為什麼　▪ ペン／筆（通常指有油墨的筆，如鋼筆、原子筆等等）
▪ 返さなかった／沒還（「返す」的過去否定型）　▪ 借りてる／有借（「てる」即「ている」的口語，表示某動作造成的狀態持續著）　▪ 忘れちゃった／忘了（「忘れてしまった」的口語縮約形，原形為「忘れる」）

148 偶然^{ぐうぜん}ですね。

guuzen desu ne!

19

•••••••••••••••••••••••••••••••••••••••☞好巧喔！

A

> 是櫻子！這邊這邊！
>
> 桜子^{さくらこ}ちゃんだ、こっちこっち。
> sakurako-chanda,kocchi kocchi.

> 啊！木村先生，好久不見！好巧喔！
>
> あっ。木村^{きむら}さん、久^{ひさ}しぶり。偶然^{ぐうぜん}で
> すね。
> a! kimura-san,hisashiburi! guuzen desu ne!

B

Point

▶ 在街上閒逛時，碰巧遇到了認識的人，這時你可以用「偶然ですね。」（好巧喔！）跟對方打聲招呼。表示某事的發生，並不是有計畫的，而有不期而遇、不謀而同的意思。

補充單字••••••••••••
▪桜子^{さくらこ}ちゃんだ／是櫻子！　▪こっち／這邊（「こちら」的口語說法）　▪久^{ひさ}し
ぶり／好久不見（對久違不見的人所說的招呼語）　▪偶然^{ぐうぜん}／好巧，偶然

149 どうして知ってるの。 **19**

dooshite shitteru no?

•••••••••••••••••••••••••••••☞ 你怎麼知道的？

> A
>
> 這是你要的資料清單。
>
> これがお前がほしかったデータのリスト。
>
> kore ga omae ga hoshikatta deeta no risuto.

> 你怎麼知道的？
>
> どうして知ってるの。
>
> dooshite shitteru no?
>
> B

Point

▶ 明明自己未曾向對方提起這件事，但對方卻知道了，就用「どうして知ってるの。」（你怎麼知道的？）來詢問吧！也可以用在問對方為何得知此事的時候；另外，想問對方是從哪裡打聽來的，就用「誰から聞いたの。」

補充單字 •••

‧ **ほしかった**／想要（「ほしい」的過去式）　‧ **データ**／資料　‧ **リスト**／表列
清單　‧ **どうして**／為什麼　‧ **知ってる**／知道（「知っている」的口語用法）

150 どういうことですか。 🎧 19

doo iu koto desu ka?

········· ☞ 這是怎麼一回事？

> 這是怎麼一回事？部長。

A どういうことですか。部長。

doo iu koto desu ka?buchoo.

> 什麼事啊？

何が。 **B**

nani ga.

> 為什麼升主任的不是我而是大橋？

A 主任昇進するのは私じゃなくて、
大橋さんって。

shunin-shooshin-suru no wa watashi ja nakute,

oohashi san tte.

> 我不知道啊。是上頭決定的。

知らないよ。上が決めたことだから。 **B**

shiranai yo.ue ga kimeta kotoda kara.

Point

▶ 要詢問某事為何會演變成這樣，就用「どういうことです
か。」（這是怎麼一回事？）吧！這句話用在由於說話者不
明瞭事物演變、本質，所以才提出疑問的時候。

補充單字

▪ どういうこと／怎麼一回事　▪ 部長／部長　▪ 何が／什麼（表示說話者詢
問對方是指哪個事物）　▪ 昇進する／升遷　▪ 上／上級，上頭　▪ 決めた／決
定（「決める」的過去式）

151 えっ、どういう意味。
e,dooiu imi?

☞ 咦？什麼意思？

A

你不覺得你說謊很過分嗎？

君うそつくなんてひどいじゃない。
kimi uso tsuku nante hidoi ja nai?

咦？什麼意思？

えっ、どういう意味。
e,do iuimi?

B

Point

▶ 不了解對方為何會這樣說時，就問「えっ、どういう意味。」（嗯！？什麼意思？）吧！因為對方劈頭就說些不懂的話，所以用這句話來問清楚。

補充單字

▪ うそつく／說謊（即「うそをつく」，口語中常將「を」省略）　▪ なんて／那種事，那類的事（對前接事項有所輕視、不屑的用法）　▪ ひどい／過分，殘酷
▪ じゃない／不是嗎（反問）　▪ どういう／什麼樣的（同「どのような」以及「どんな」）　▪ 意味／意思

Ch9 發問

20

152 話って何だよ。
はなし　なん

hanashi tte nanda yo?

・・・・・・・・・・・・・・・・・・・・・・・・・・・☞ 找我有什麼事？

> 不好意思呢，讓你特地跑一趟。

A 悪いわね、わざわざ来てもらって。
わる　　　　　　　　　き

warui wa ne,wazawaza kite moratte.

> 客套話就先免了吧，找我有什麼事？

そんなことはいいけど、話って何だよ。　B
　　　　　　　　　　　　はなし　なん

sonna koto wa ii kedo,hanashi tte nanda yo?

> 其實是這樣的…。

A 実はね…。
じつ

jitsu wa ne….

Point

▶ 當有人說有事找你時，男性可以用「話って何だよ。」（找我有什麼事？）
  來問對方。而女性則用「話って何。」就可以了。
　　　　　　　　　　　　　　　なに

補充單字 ・・・・・・・・・

▪ 悪い／不好意思　▪ わざわざ／特地　▪ 来てもらって／請你來（「～てもら
　わる　　　　　　　　　　　　　　　　　　き
う」是 “請…(人)…做…”的意／思，有謙讓的語感。）　▪ いい／免了（請對方
快速進入正題的意思）　▪ 話って何だよ／你找我有什麼事（這裡的「って」為
　　　　　　　　　　　　はなし　なん
引用對方的話的用法）

199

153 彼女、いくつ。
かのじょ

kanojo,ikutsu?

● ☞ 女朋友幾歲啊？

A <
> 女朋友幾歲啊？
>
> 彼女、いくつ。
> かのじょ
>
> kanojo,ikutsu?

> 22歲。
>
> ２２歲。
> にじゅうに さい
>
> nijuuni-sai. **> B**

A <
> 哇！小你一輪耶。你還真會拐騙年輕小女生啊。
>
> へーえ一回り下。若い子よく騙せた
> ひとまわ した　　わか こ　　　　だま
> わね。
>
> hee ee hito-mawari-shita?!wakai ko yoku damaseta wa ne.

Point

▶ 朋友間，想要問對方女友年齡時，就用「彼女、いくつ。」（你女朋友幾歲？）。值得注意的是，問幼童年齡時，是用「ぼく、いくつ。」！而孩童稱自己時，也是說「ぼく」！

補充單字 ● ● ● ● ●

▪ **彼女**／女朋友　▪ **いくつ**／幾歲（同「何歲」。禮貌說法於前面加「お」即可。
　　　　　　かのじょ　　　　　　　　　　　　　　　　　　　　なんさい
「おいくつ」。）　▪ **へーえ**／哇（表示極為驚歎的感嘆詞）　▪ **一回り下**／年紀小
　　　　　　　　　　　　　　　　　　　　　　　　　　　　　ひとまわ した
一輪，小12歲　▪ **若い**／年輕　▪ **騙せた**／欺騙（「騙せる」的過去式）
　　　　　　　わか　　　　　　だま

⑮ おじいちゃんは 90 歳だっけ。🎧20

o-jii-chan wa kyuuju-ssai dakke?

☞ 記得阿公好像是 90 歲來著？

A

記得阿公好像是90歲來著？

おじいちゃんは 90 歳だっけ。

o-jii-chan wa kyuuju-ssai dakke?

對啊！

そうだよ。

sooda yo.

B

Point

▶ 好久沒見到爺爺了，對了！我記得爺爺年紀是…，這時候就用「おじい ちゃんは 90 歳だっけ。」（爺爺是不是 90 歲來著？）對於記憶已經不是那 麼清楚的事物，為了確認而說的話。這一說法也有順便引誘對方回答的作 用喔！

▶「っけ」用在想確認自己記不清，或已經忘掉的事物時。 「っけ」是終助詞，接在句尾。也可以用在一個人自言自 語，自我確認的時候。中文意思是：「是不是…來著」、「是 不是…呢」。

補充單字

▪ **おじいちゃん**／爺爺（「ちゃん」用來稱呼人，比「さん」更有親切感） ▪ **だっ け**／是不是…啊？（詢問一時忘記的事情時使用，含有向對方確認的語感） ▪ **そうだよ**／對啊

155

整形したの。
せいけい

seekee-shita no?

•••☞ 你該不會去整形啦？

20

你該不會去整形啦？

A

君、もしかして…整形したの。
きみ　　　　　　　　　　せいけい

kimi,moshikashite…seekee-shita no?

對啊，這是現在流行的小型整形手術喔。

そう、いまはやりのプチ整形よ。
せいけい

soo,ima hayari no puchi-seekee yo.

B

Point

▶ 看到那身影，應該是 B 沒錯啊，但臉蛋跟身材怎麼差那麼多…不會吧！
「整形したの。」（你整形了？）！？當對方臉形變了個樣時，就問對方這
句吧！記得語調要上揚，表示疑問喔！

補充單字 •••

•もしかして／難道 •整形した／整形了（「整形する」的過去式） •そう／
せいけい
是的，沒錯 •いま／現今，最近 •はやり／流行 •プチ整形／小整形手
せいけい
術（例如雷射除皺紋、施打玻尿酸等等不需花太多時間的小手術，需定期回診）

156 **何かあったの。**
<ruby>何<rt>なん</rt></ruby>かあったの。

nan ka atta no?

⑳

•••••••••••••••••••••••••••••••••••••☞ 怎麼了？

A
> 哎呀，你好慢喔。怎麼了？
>
> あら、<ruby>遅<rt>おそ</rt></ruby>いじゃない。<ruby>何<rt>なん</rt></ruby>かあったの。
> ara,osoi ja nai.nan ka atta no?

> 沒，沒什麼。
>
> いいえ、<ruby>別<rt>べつ</rt></ruby>に。
> iie,betsu ni.

B

Point

▶ 看到對方的行事、表情跟平常不一樣，就關心對方是不是發生什麼事了，這時候用「何かあったの。」（怎麼了？）來詢問吧！而回答的部分，可以用「別に<ruby>何<rt>なに</rt></ruby>も。」（沒事啊。）、「ちょっとね…。」（嗯…。）、「<ruby>実<rt>じつ</rt></ruby>はね…。」（我跟你說…。）來回答。

補充單字 •••••••

▪ **あら**／哎呀（感到驚訝、意外時使用的感嘆詞，主要為女性用語）　▪ <ruby>遅<rt>おそ</rt></ruby>**いじゃない**／你好慢（這裡的「じゃない」並非否定而是表示判定，語調整體下降）　▪ **あった**／有（「ある」的過去式）　▪ <ruby>別<rt>べつ</rt></ruby>**に**／沒什麼（後面接否定語句，表示不怎麼、沒什麼特別的）

157 この靴はどう。
（くつ）

kono kutsu wa doo?

・・・・・・・・・・・・・・・・・・・・・・・・・・☞ 你覺得這雙鞋怎樣？

A

亮，你覺得這雙鞋怎樣？

亮、この靴はどう。
（りょう）（くつ）

ryoo,kono kutsu wa doo?

啊～這雙鞋簡直是為我量身訂做的嘛！

ああ、これ僕にはもってこいだね。
（ぼく）

aa,kore boku ni wa mottekoida ne.

B

Point

▶ 向對方提出自己的什麼建議的時候，可以說「～どうですか」或是更隨便地說「～はどう」。例如問候對方的身體狀況或是生活狀況，可以說「最近、どうですか」（最近，如何？）。「もってこい」表示與目的或用途正好吻合。此外，我們談談日語的量詞，日語的量詞是因其形狀或性質來命名的。例如：鞋子和襪子的單位，是因為都穿在腳上，所以用「足」（雙）來（そく）代表它的量詞；還有，酒是注入杯中的，所以量詞是「杯」（はい）（杯）。很好記吧！

補充單字 ・・・・・・・・・・・・・・・・・・・・・・・・・・・・・・・・・・・・・・

・靴／鞋子　・どう／如何　・ああ／啊（帶有感嘆的語意）　・もってこい／
（くつ）
適合，理想

158 **筆記試験はいかがでしたか。** 🎧20

hikki-shiken wa ikaga deshita ka.

······························ ☞ 筆試還好吧？

A ◀
> 筆試還好吧？
>
> **筆記試験はいかがでしたか。**
> hikki-shiken wa ikaga deshita ka?

> 完全看不懂。
>
> **さっぱりですよ。**
> sappari desu yo.

▶ **B**

Point

▶ 詢問對方的意圖、情況或身體狀況等，可以用「いかがですか」（如何呢？）
另外，「いかが」也可以像「おひとつ、いかがですか。」（來一個如何？）
一樣，用來推薦對方某事物。

補充單字

• **筆記試験**／筆試　• **いかが**／如何，怎樣（詢問對方的心情或意願時使用，語
感較為正式）　• **さっぱり**／完全（在這裡省略了「わからない」）

159 知ってる。
し

(20)

shitteru?

•••••••••••••••••••••••••••••••••••• ☞知道嗎？

A

知道嗎？這個人只要露出這種表情，就一定是在打壞主意。

知ってる。この人がこういう顔する時っ
し　　　　　　　　ひと　　　　　　　　かお　　　　とき
て、必ず何か企んでるときなのよ。
　　かなら　なん　たくら

shitteru?kono hito ga kooiu kao suru toki tte,

kanarazu nan ka takuranderu toki nano yo.

喂！不要把我說得那麼難聽！

おい、人聞きの悪いこと言うな。
　　　ひと き　　わる　　　　　　い

B

oi,hitokiki no warui koto iu na.

Point

▶ 當你有新的訊息要告訴對方，就可以用「知ってる。」（你知道嗎？）來做話題的開頭，後面再緊接訊息的內容就可以了，這句話含有挑起對方好奇心的意味，會讓聽者很想聽接下來的內容。

▶ 終助詞「の」表示緩和的判斷、感嘆、疑問、命令等語氣。這裡的「の」表示疑問的語氣，用「なの」的話，多少有些說對方的感覺。說時聲調上揚，相當中文「呢」的意思。有時可以不譯。

補充單字 ••

▪ **知ってる**／知道　　▪ **こういう**／這樣的，這種（同「このような」、「こんな」）
し
▪ **顔する**／露出…的表情　　▪ **必ず**／一定　　▪ **企んでる**／在打壞主意，在計畫
かお　　　　　　　　　　　　かなら　　　　　　　　　たくら
（原形是「企む」）　　▪ **人聞きの悪いこと**／他人的閒話，不堪入耳的閒話
　　　　　　　　　　　　ひと き　　わる

160 なになに。

nani nani?

☞ 什麼什麼？

知道嗎？

A 知ってる。
shitteru?

什麼什麼？

なになに。 **B**
nani nani.

她說「全世界我唯一就是不想跟日本男人結婚」。

A 彼女は「世界中で日本の男とだけは
結婚しなくない」って言ってるよ。
kanojo wa "sekaijuu de nihon no otoko to dake wa
kekkon shinakunai" tte itteru yo.

話講的還真白啊。

はっきり言うわね。 **B**
hakkiri iu wa ne.

Point

▶ 對某事很感興趣、想進一步知道內容時，就用「なになに。」（什麼事什麼事？）來表現出自己很想知道接下來的內容吧！這句話因為重複了兩次「なに」，所以含有迫不及待、催促對方趕快說的意思喔！

補充單字

・知ってる／知道（語調上揚表疑問）　・なになに／什麼什麼（表示說話者對所提到的內容感興趣而詢問）　・世界中／全世界　・だけ／只，只有　・～って言ってるの／（人）說…呢。（「って」為「と」的口語，直接引用他人說過的話）・はっきり／清楚明瞭

どうして俺とキスしたの。

dooshite ore to kisu-shita no?

☞ 為什麼要和我接吻？

A

那天晚上，為什麼要和我接吻？

あの夜、どうして俺とキスしたの。

ano yoru, dooshite ore to kisu-shita no?

因為我想。

したかったから。

shitakatta kara.

B

Point

▶ 對話中，男方說「どうして俺とキスしたの。」（為什麼要和我接吻？），
表示男方想確認當晚，女生是為了什麼原因和他接吻。

補充單字

- **あの夜**／那天晚上　　• **俺**／我（男性用語，語感較為粗獷）　　• **キスした**／接
吻了（「キスする」的過去式）　　• **したかった**／想要（「したい」的過去式）　　•
から／因為

162 何か変。

なに へん

21

nani ka hen?

•••••••••••••••••••••••••••••••• ☞ 我哪不對勁嗎？

嗯？我哪不對勁嗎？

A ん。何か変。

なに へん

n? nani ka hen?

沒有，我覺得你穿了西裝後，感覺就像另一個人。

いえ…スーツを着ると、別人みたい
だなと思って。

き べつじん

おも

ie…suutsu o kiru to,betsujin mitaida na to omotte.

B

常有人這麼說。

A よく言われる。

い

yoku iwareru.

Point

▶ 發現朋友今天看你的眼光不一樣，就問他說「何か変。」（我哪不對勁嗎？）
來詢問對方，是不是有什麼地方不對勁。也可以說是「我哪裡怪嗎？」的
意思。記得語調要上揚，來表示疑問喔！

▶「みたいだ」這是比喻的說法。表示外表上的樣子、狀態和
另一事物相似。相當於中文的「像…似的」。

補充單字

• **ん**／嗯（感覺有所疑問時的發語詞）　• **変**／怪，奇怪　• **いえ**／不，沒有
へん

• **スーツ**／西裝　• **着る**／穿　• **別人**／別人　• **よく**／常，時常
き べつじん

163 え。どこどこ。

e?doko doko?

☞ 咦？在哪裡在哪裡？

A
> 你看，是演員木村拓哉耶！
>
> 見て、俳優のキムタクだ。
> mite,haiyuu no kimutakuda.

B
> 咦？在哪裡在哪裡？…真的耶。好帥喔！
>
> え。どこどこ。
> …ほんとだ。カッコイイ…。
> e?doko doko?...hontoda.kakko ii....

Point

▶ 當對方指出某東西在某處，但你卻沒看到時。就用「え。どこどこ。」（咦？在哪在哪？）來發問吧！因為重複了兩次「どこ」，所以含有迫不及待詢問對方，請對方說清楚的語意。

補充單字

▪ **見て**／看，你看（原形是「見る」，表示拜託、輕微的命令）　▪ **俳優**／演員
▪ **キムタク**／木村拓（歌影迷稱稱日本明星木村拓哉的別名）　▪ **どこどこ**／哪裡
哪裡（重複「どこ」有強調迫不及待、很期待的語感）　▪ **ほんとだ**／真的耶（「ほんとうだ」的口語用法，對話中常出現的形態）　▪ **カッコイイ**／好帥，好看

164 <ruby>何<rt>なに</rt></ruby>が。

nani ga.

🎧 **21**

••☞ 怎麼說？

A — 櫻子也真行。

<ruby>桜子<rt>さくら こ</rt></ruby>もやるね。

sakurako mo yaru ne.

怎麼說？

<ruby>何<rt>なに</rt></ruby>が。

nani ga.

B

A — 推銷啊。用她的笑容在推銷自己呢！

<ruby>営業<rt>えいぎょう</rt></ruby>だよ、その<ruby>笑顔<rt>え がお</rt></ruby>で<ruby>売<rt>う</rt></ruby>り<ruby>込<rt>こ</rt></ruby>んでる。

eegyooda yo,sono egao de urikonderu.

Point

▶ 當對方沒頭沒腦的講了一句話，而你也不知道對方是針對哪件事發言時，
就用「何が。」（怎麼說？）來問個清楚。

補充單字 ••••••••••

▪ **〜もやるね**／…也真行，…也真有一套（「ね」表感嘆）　▪ <ruby>何<rt>なに</rt></ruby>が／什麼，哪個
（問對方前面所提的內容是指哪一方面）　▪ <ruby>営業<rt>えいぎょう</rt></ruby>／生意，經商　▪ <ruby>笑顔<rt>え がお</rt></ruby>／笑容
▪ **で**／用（表示手段）　▪ <ruby>売<rt>う</rt></ruby>り<ruby>込<rt>こ</rt></ruby>んでる／推銷（原形是「売り込む」）

165

ちょっと聞(き)いてんの。

chotto kiiten no?

• ☞ 你有沒有在聽啊？

A

> 喂！你有沒有在聽啊？
>
> ねぇ、ちょっと聞(き)いてんの。
>
> nee,chotto kiiten no?

> …我說啊，你聽好囉，櫻子所講的那些抱怨，會讓別人誤以為是在炫燿喔。
>
> …あのね、いい、桜子(さくらこ)の愚痴(ぐち)って今(いま)や、一(ひと)つ間違(まちが)えると自慢(じまん)になるよ。
>
> …ano ne,ii,sakurako no guchi tte ima ya, hitotsu machigaeru to jiman ni naru yo.

B

Point

▶ 講話時當對方完全沒做反應、看來似乎沒認真聽，或心不在焉時，就用「ちょっと聞いてんの。」（喂！有沒有在聽啊？）來促使他注意聽自己說話；另外，有事情想抱怨時，可以用「ねぇ、ちょっと聞いてよ。」（喂，你聽我說。）來做個開頭。

補充單字 • • • • • • • • • • • • •

• **ちょっと**／喂（叫對方注意時用）　• **聞(き)いてんの**／有在聽嗎（「聞いているの」的口語用法，「の」表示口語疑問）　• **あのね**／我說啊，那個啊（女性、孩童作為話題開頭時常使用的親密說法）　• **いい**／你聽好，注意（引起對方注意，叮嚀時用）　• **愚痴(ぐち)**／牢騷，抱怨　• **今(いま)や**／眼看就，馬上就　• **間違(まちが)える**／弄錯，搞錯　• **自慢(じまん)**／驕傲，得意

166 納得いかない。

なっとく

nattoku ikanai?

・・・・・・・・・・・・・・・・・・・・・・・・・・・☞ 不服氣嗎？

(21)

A

被罵覺得不服氣嗎？

納得いかない。怒られた事。
なっとく　　　　　　おこ　　　　こと

nattoku ikanai?okorareta koto.

沒有。沒那回事。我在反省了。

いえ、そんなことないです。反省し
てます。
　　　　　　　　　　　　　　　　　　はんせい

ie,sonna koto nai desu.hansee shite-masu.

B

Point

▶「納得いかない。」（我不服氣。）句尾聲調往下表示不能認同某言行的意
思。話中帶有無法忍受、不滿意、無法心服口服的語氣。「納得いかない。」
（不服氣嗎？）句尾聲調往上揚用在詢問的時候。

補充單字

▪ **納得いかない**／不甘心，無法接受（「納得いく」的否定用法）　　▪ **怒られた**／
なっとく　　　　　　　　　　　　　　　　　　　　　　　　　　　　　　　　　　　おこ
被罵（「怒られる」的過去式）　▪ **そんなことない**／沒那回事　▪ **反省してます**／
　　はんせい
在反省，反省中（原形是「反省する」，表示說話者正在反省）

167 これ、どうするんですか。

kore,doo suru n desu ka?

☞ 這該怎麼辦才好呢？

A

> 這該怎麼辦才好呢？
>
> ## これ、どうするんですか。
> kore,doo suru n desu ka?

> 你看了不就知道了？
>
> ## 見ればわかるでしょう。
> mireba wakaru deshoo?

B

Point

▶ 有時候，不知道某事物該怎麼處理才恰當，這時就用「これ、どうするん
ですか。」（這該怎辦才好？）來詢問他人。這是用來詢問對方某事物的處
理方式，或某事物的用處的問句。

補充單字

▪ **これ**／這個　▪ **どう**／怎麼，如何　▪ **見れば**／看就…（原形是「見る」，這
裡指看過的話就會…）　▪ **わかる**／知道，懂

168 # ここ、来たことある。

koko,kita koto aru?

21

••••••••••••••••••••••••••••••••••• ☞ 你有來過這裡嗎？

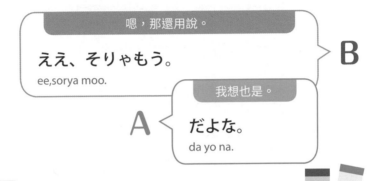

你有來過這裡嗎？

A ここ、来たことある。

koko,kita koto aru?

嗯，那還用說。

ええ、そりゃもう。 **B**

ee,sorya moo.

我想也是。

A だよな。

da yo na.

Point

▶ 想確認對方有沒有來過某處，就用「ここ、来たことある。」（你有來過這裡嗎？）來詢問對方的經驗。記住語調要上揚表疑問喔！類似用法，還有「これ、食べたことある。」（這你有吃過嗎？）。「そりょもう」是「それはもう」的口語形，表示當然來過囉！「だよな」是「（そう）ですよね」的口語形，表示說得也是啊！

補充單字 ••••••••••

- 来た／來過（「来る」的過去式） ・ある／有 ・ええ／嗯，是（肯定的回答）
- そりゃ／那，那個（「それは」的口語縮約形） ・もう／已經 ・だよな／我想也是，說的也是（表示說話者覺得自己問了理所當然的事）

169 これはどうかしら。

kore wa doo kashira?

······················ ☞ 這個怎麼樣？

穿什麼去派對好呢？這個怎麼樣？

A パーティーに何着てこうかなぁ。これはどうかしら。

paathii ni nani kite koo ka naa. kore wa doo kashira?

那個…不覺得有點土嗎？

それ、ちょっと地味じゃない。 **B**

sore,chotto jimi ja nai?

啊啊，那，這個呢？

A ああ、だったら、これは。

aa,dattara,kore wa?

喔，那個好！

あ、それいいよ。 **B**

a,sore ii yo.

Point

▶ 自己拿不定主意，要徵求對方的看法時，女性可用「これはどうかしら。」（這個如何呢？）來詢問對方覺得如何。男性則用「これなんかどう。」，用來詢問對方對某事物的意見。

補充單字 ·····

▪ パーティー／派對，舞會 ▪ 着てこう／穿去（原形是「着ていく」，這裡是表示個人意志的型態） ▪ どうかしら／怎麼樣，如何（「かしら」是表示疑問的女性用語） ▪ 地味／樸素，很土 ▪ だったら／既然這樣，那樣的話（意思同「だとしたら」）

170 何見てるの。
なに み

nani miteru no?

・・・・・・・・・・・・・・・・・・・・・・・・・・・・・・・・・ ☞ 你在看什麼？

22

A

你在看什麼？

何見てるの。
なに み

nani miteru no?

你看，那邊那個新娘。

ほら、あそこの花嫁。
はなよめ

hora,asoko no hanayome.

B

好漂亮呢…真是令人嚮往。

A

素敵ですね…憧れちゃいます。
す てき　　　　　　あこが

suteki desu ne…akogarechai masu.

Point

▶ 當你好奇對方在看什麼事物的時候，就用「何見てるの。」（你在看什麼啊？）來詢問對方吧！另外「なに見てんだよ。」（看什麼看啊！）用在對方不高興你看他，或不想讓你看到他的某物。

補充單字 ・・

▪ **何見てるの**／在看什麼（原形是「何を見ているの」，「の」是口語的語尾助詞）
なに み

▪ **ほら**／瞧，看 　▪ **あそこ**／那邊 　▪ **花嫁**／新娘 　▪ **憧れちゃいます**／令人嚮
はなよめ　　　　　　　あこが

往（「憧れてしまう」的口語縮約形，鄭重說法）

171

どれどれ。

doredore?

・・・・・・・・・・・・・・・・・・・・・・・・・・☞ 哪一個哪一個？

A

> 你看，坐在那邊的就是新老師唷。
>
> 見^みて、あそこに座^{すわ}ってる人^{ひと}は新^{あたら}しい
> 先生^{せんせい}だよ。
>
> mite,asoko ni suwatteru hito wa atarashii senseeda yo.

> 哪一個哪一個？
>
> どれどれ。
>
> doredore?

B

A

> 瞧，就是那個高個的。
>
> ほら、あの背^せの高^{たか}い人^{ひと}。
>
> hora,ano se no takai hito.

Point

▶ 日文雙疊某詞時，通常都有強調的意思。而「どれどれ。」（哪一個哪一個？）在這裡，是表現出迫不及待、催促對方快說的意思。也就是說話者要求對方給自己看、聽的用法。

補充單字・・・・・・・・・

▪ **見^みて**／你看（原形是「見る」，表示拜託、輕微的命令）　　▪ **座^{すわ}ってる**／坐著（原形是「座る」，表示所指對象是坐著的狀態）　▪ **新^{あたら}しい**／新的　▪ **先生^{せんせい}**／老師，醫生　▪ **どれどれ**／哪一個哪一個（表示說話者要求對方給自己看、聽的用法）
▪ **背^せの高^{たか}い**／身高很高的

172 山下智久のサインもらって
くれた。

やましたともひさ

🎧 22

yamashita-tomohisa no sain moratte kureta?

••••••••••••••••••• ☞ 幫我拿到山下智久的簽名了嗎？

> 幫我拿到山下智久的簽名了嗎？
>
> **A** 山下智久のサインもらってくれた。
> やましたともひさ
>
> yamashita-tomohisa no sain moratte kureta?

> 拿到啦。小事一樁啦！
>
> もらったよ。楽勝さ。
> らくしょう
>
> moratta yo.rakushoo sa. **B**

Point

> ▶「～もらってくれた。」這句話，是用來詢問對方有沒有幫你做某事的時
> 候，語中含有受益感謝的意思。也就是「你有幫我…嗎？」的意思。

補充單字••••••••••

▪ サイン／簽名 ▪ もらってくれた／你有幫我拿嗎（「もらってくれる」的過
去式，語調上揚表疑問） ▪ もらった／拿到了（「もらう」的過去式）▪ 楽勝／
らくしょう
輕而易舉，小事一樁

どっかであったことない。

dokka de atta koto nai?

🎧 22

············· ☞ 我們是不是在哪裡見過面？

A 咦？我們是不是在哪裡見過面？

あれ、どっかであったことない。

are, dokka de atta koto nai?

原來你老是用這樣追女生的呀！

いつもそうやって女<ruby>口説<rt>おんな くど</rt></ruby>くんだ。

itsumo soo yatte onna kudoku n da.

B

Point

▶ 當你覺得某人很面熟，但卻想不起名字時，就用「どっかであったことない。」（我們是不是在哪裡見過？）來開口問對方吧！這是屬於比較隨性的問法。很多人會用這句話來搭訕異性。

▶「～んだ」是用在表示說明情況或強調必然的結果，是強調客觀事實的句尾表達形式。「～んだ」是「～のだ」的口語音變形式。後面加上「か」，表示要求對方進行說明。

補充單字 ·········

• **あれ**／唉呀（表吃驚、出乎意料的語氣）　• **どっかで**／在哪裡（「どこかで」的口語說法）　• **あったことない**／沒見過面嗎（反問用法，語調上揚表疑問）
• **いつも**／經常，常常　• <ruby>口説<rt>く ど</rt></ruby>く／追求，勾引

174 なんか言った。

nanka itta?

·········· ☞ 你剛才說什麼？

A ◁ 喂！可以喝這個嗎？

ねー、これ飲んでいい。

nee,kore nonde ii?

請便，請便，(小聲說)反正你自己付錢。

**どうぞ、どうぞ、（小声で）どうせ
自分が払うんだからね。**

doozo,doozo,(kogoe de)doose jibun ga harau n da
kara ne.

▷ B

A ◁ 你剛才說什麼？

なんか言った。

nanka itta?

嗯？沒什麼，什麼都沒說。

ん。や、なんにも。

n? ya,nanni mo.

B ▷

Point

▶ 當沒仔細聽清楚對方說的話時，就用「なんか言った。」（你剛才說什麼？）
來請對方再說一次。有時候聽到別人說自己的壞話，也
可以用比較嚴厲的口氣來回問，表示「有膽你再說一次」
的意思。

補充單字

• ねー／喂～（稱呼親近的人時使用） • 飲んでいい／可以喝嗎（意思同「飲
んでいいの」，語調上揚表疑問） • どうぞ／請便，請用 • どうせ／反正（表
示不管現在如何，最終結果已經很明白的語氣） • 払う／付錢，付費 • なん
にも／沒什麼，沒事（意思同「なんにもない」）

175 会社サボってこんなことし 22
てていいのか。

かいしゃ

kaisha sabotte konna koto shitete ii no ka?

☞ 翹班跑來做這種事對嗎？

A

翹班跑來做這種事對嗎？

会社サボってこんなことしてていい
のか。

kaisha sabotte konna koto shitete ii no ka?

因為很無聊嘛！

だってつまんないんだもん。

datte tsumannainda mon.

B

Point

▶ 看到該上班而沒去上班的人，在街上閒晃，令人很想對他說：「会社サボっ
てこんなことしてていいのか。」（翹班跑來做這種事對嗎？）

▶「もん」是「もの」的口語形。接在句尾，多用在會話中。表示說話人很
堅持自己的正當性，而對理由進行辯解。敘述中語氣帶有不滿、反抗的情
緒，多半用來當藉口。跟「だって」使用時，就有撒嬌的語感。多用於年
輕女性或小孩子。中文意思是：「因為…嘛」等。

補充單字

• **会社**／公司　• **サボって**／翹班，偷懶（「サボる」後接句子或其他動作的形態）
• **いいのか**／好嗎，對嗎　• **だって**／可是，但是（用來替自己辯解時用）　•
つまんない／無聊，無趣（「つまらない」的口語說法）　• **もん**／因為（「もの」
的口語說法，帶有辯解、撒嬌的語氣）

176 この資料持っていかなくていいの。 ㉒

kono shiryoo motte ikanakute ii no?

☞ 這份資料不帶可以嗎？

A 那麼我走了。

では、行ってくる。
dewa,itte kuru.

B 慢走。唉呀！這份資料不帶可以嗎？

行ってらっしゃい。
あら、この資料持っていかなくていいの。
itte rashai.ara, kono shiryoo motte ikanakute ii no?

A 喔喔，差一點就忘了啊。

おっと、もうちょっとで忘れるとこだった。
otto,moo chotto de wasureru toko datta.

Point

▶「なくていいの」用在詢問對方「不…沒關係嗎？」的時候。其他像臨時身體不適無法去學校時，也可以說：「学校には言っておかなくていいの。」（不跟學校講一聲沒關係嗎？）

▶「とこだった」是「ところだった」的口語形，表示結果沒有預料的那樣，中文意思是：「差一點就…」、「險些」…等。

補充單字

▪ では／那，那麼（同出門時說的再見）　▪ 行ってくる／我出門了　▪ いってらっしゃい／慢走，路上小心（對出門的人說的問候語）　▪ あら／唉呀，唉唷（表示出乎意料、吃驚的女性用語）　▪ いいの／沒關係嗎，可以嗎（「の」表示疑問）　▪ おっと／唉呀，喔（表示驚訝、突然察覺到某事態的語氣）　▪ もうちょっと／差一點　▪ とこ／就要，正要（「ところ」的口語縮約形）

どこで何してたっていいじゃない。

doko de nani shitatte ii ja nai.

☞ 人在哪裡做什麼都好不是嗎？

A

我工作上有了更動。

営業に異動になったよ。

eegyoo ni idoo ni natta yo.

人在哪裡做什麼都好不是嗎？只要能做自己。

どこで何してたっていいじゃない、自分が自分でいれば。

doko de nani shitatte ii ja nai,jibun ga jibun de ireba.

B

Point

▶ 有句話說：「順其自然，隨遇而安」。在會話中，對於營業異動但態度豁達的 B 正是最佳寫照。下次若遇到不確定、無法掌握的情況時，告訴自己「どこで何してたっていいじゃない、自分が自分でいれば。」，心裡一定能踏實許多。

補充單字

- **営業**／生意，工作　　- **異動**／更動，調動　　- **いいじゃないか**／可以，行（「いいではないか」的口語縮約形）　　- **自分が自分でいれば**／只要能做自己（「自分が自分でいる」的假設用法）

178 落ち着いて。 **23**

ochitsuite!

☞ 冷靜一下！

A ‹
> 你的企劃案簡直狗屁不通。
>
> あなたの企画がメチャメチャよ。
>
> anata no kikaku ga mechamecha yo.

> 你這種人連文章都寫不好，憑什麼說教！
>
> ろくに文章もかけない人に、
> そんなこと言われたくない。
>
> roku ni bunshoo mo kakenai hito ni, sonna koto iware
> takunai.
› B

C ‹
> 好了好了，兩個人都冷靜一下！
>
> まぁまぁ、二人とも落ち着いて。
>
> maa maa,futari tomo ochitsuite!

Point

▶「落ち着く」一詞有穩定的意思，可以用來形容個性沉著，例如「彼は落ち着いた人です」(他很穩重)；或是心情平靜與否，例如「心が落ち着かない」(心靜不下來)。這裡的用法是叫人冷靜下來的意思。看到 A 跟 B 吵得不可開交，和事佬的 C 就介入中間，規勸兩人不要這麼衝動，快冷靜下來。

補充單字

▪ **企画**／企畫，規劃　▪ **メチャメチャ**／亂七八糟，一塌糊塗 (「めちゃ」的強調說法)　▪ **ろく**／像樣，令人滿意 (後面常接否定語氣)　▪ **かけない**／寫 (「かく」的否定用法)　▪ **言われたくない**／不想被說 (「言う」的被動否定用法)　▪ **まぁまぁ**／好了好了 (安撫對方的用法)　▪ **とも**／都 (接在複數名詞後，表示全部都一樣的意思)

179

大丈夫ですよ。
だいじょうぶ

daijoobu desu yo.

 〔23〕

•••☞ 已經沒事了。

A

> 我家那口子還有救嗎？
>
> 家の人は助かりますか。
> うち ひと たす
>
> uchi no hito wa tasukari masu ka?

> 請冷靜下來。您先生已經沒事了。
>
> 落ち着いて。ご主人はもう大丈夫で
> お つ しゅじん だいじょうぶ
> すよ。
>
> ochitsuite.go-shujin wa moo daijoobu desu yo.

B

Point

▶ 當你要讓對方安心的時候，使用表示「不要緊、沒問題」的「大丈夫」就沒錯了。在這個對話中，身為醫師的 B，安撫家屬 A，說「もう大丈夫ですよ」，告訴她先生已經沒事了，不要擔心了。「大丈夫」也可以單純的表示萬事「一切 OK」沒問題喔。

補充單字 •••••••••••••••••••••••••••••

- **家の人**／丈夫，那口子　• **助かります**／得救，獲救（「助かる」的鄭重說法）
  うち ひと　　　　　　　　　　たす
- **落ち着いて**／請冷靜（原形是「落ち着く」，表示拜託、輕微的命令）　• ご
  お つ
  主人／您先生　• **大丈夫**／沒事，無礙
  しゅじん　　　　　だいじょうぶ

180 そんなに怒るなよ。

sonna ni okoru na yo.

☞ 別那麼生氣嘛。

A

真是的！讓我丟臉丟盡了，他以為他是誰啊！

まったく、人の顔つぶして、何様の
つもりよ。

mattaku, hito no kao tsubushite, nani-sama no tsumori yo.

好了好了，別那麼生氣嘛。

まぁまぁ、そんなに怒るなよ。

maa maa, sonna ni okoru na yo.

B

Point

▶ 面對憤怒中的人，用和善平穩的語氣跟他說「そんなに怒るなよ」（別那麼生氣嘛）通常都能有效的安撫對方情緒。其他，還有「もう泣くな」（不要再哭了嘛）、「笑うなよ」（不要笑啦）等常用句。要注意的是，隨著語氣不同，語感也會改變的喔！例如，怒氣沖沖的大吼「～なよ！」，就是嚴厲的說「～ないで。」（不要…；不准…）的意思。

補充單字

▪ **まったく**／真是的（帶有不滿的語氣）　▪ **顔をつぶして**／讓人丟臉、下不了台階（「顔をつぶす」後接其他詞性或句子的形態）　▪ **何様のつもり**／以為自己是誰啊（帶有諷刺的意思）　▪ **まぁまぁ**／好了好了（安撫對方的用法）　▪ **怒るなよ**／不要生氣（「な」表示禁止的語氣）

181 それでいいんだよ。

sore de ii n da yo.

👂 23

•••••••••••••••••••••••••••••••••••••• ☞ 那有什麼關係！

又搞砸了。

A またやっちゃった。
mata yacchatta.

什麼呢？

B 何が。
nani ga?

我否決了部長的提案。

A 部長の案に反対しちゃって。
buchoo no an ni hantai shichatte.

那有什麼關係！比起職位高低，對企劃案來說，點子要比頭銜重要。

それでいいんだよ。
企画には身分よりアイディアが大事だよ。
sore de ii n da yo.kikaku niwa mibun yori aidia ga daijida yo.

B

Point

▶ 在這個對話中，B 覺得 A 反駁了部長的提案並沒有錯，畢竟企劃案看的是點子而非職位的高低。所以說「それでいいんだよ。」（那有什麼關係！），「それ」指的就是 A 反駁了部長這件事。

▶「～んだ」這是用在表示說明情況或強調必然的結果，是強調客觀事實的句尾表達形式。「～んだ」是「～のだ」的口語音變形式。

補充單字•••••••••••••••••••

▪やっちゃった／做了，搞砸了（「やってしまう」的過去式，帶有遺憾無法返回的語氣）　▪案／方案，提案　▪に反対しちゃって／否決了，反對了（「に反対してしまって」的口語用法，語中帶有遺憾的語感）　▪身分／身分，社會地位　▪より／比起，相較於　▪アイディア／點子，構思（大多以片假名呈現）
▪大事／重要

228

182 よかったじゃん。

yokatta ja n.

☞ 那很好啊！

A

也不知吹什麼風，部長他很中意我，叫我
從下個月開始去企劃部。

どういうわけか、部長に気にいられ
ちゃってさ、来月から企画部に来いっ
て。

doo iu wake ka, buchoo ni ki ni irare chatte sa,
raigetsu kara kikakubu ni koi tte.

喔～～那很好啊！

へえ、よかったじゃん。

hee, yokatta ja n.

B

Point

▶「よかったじゃん」用在當事人不認為是好事，或是並不特別覺得是好事，
而站在客觀立場的友人等，表示其實還不錯的時候。有「還不錯啊」、「那
很好啊」意思。

▶「じゃん」是「じゃないか」、「ではないか」的口語形，用在確認對方是不
是認同自己的推測，是尋求對方同意的說法。

補充單字

▪ **どういうわけか**／不知道是什麼原因　▪ **気にいはいられちゃって**／被中
意，被喜歡（「気に入られてしまう」的口語縮約形）　▪ **来月から**／從下個月起
（「から」表示從…起的意思）　▪ **来い**／過來（「来る」的命令形態）　▪ **へえ**／
嘿～（表示驚訝，語調上揚表疑問）　▪ **よかったじゃん**／很好啊（「よかったで
はないか」的口語用法，主要是年輕人使用）

183 くよくよするなよ。

kuyokuyo-suru na yo.

・・・・・・・・・・・・・・・・・・・・・・・・・・・・・・・・☞ 別想不開了。

A

> 我也很想做啊！
>
> やりたいのはやまやまだけど。
>
> yaritai no wa yamayamada kedo.

> 別想不開了。一起做吧。
>
> くよくよするなよ。いっしょにやろう。
>
> kuyokuyo-suru na yo.issho ni yaroo.

B

Point

▶ 有些總是想不開，杞人憂天。這種人不僅無法放鬆自己，也讓周遭的人跟著受影響。這時候就跟他說聲：「くよくよするなよ」（別想不開了）。有時候冷靜下來反而更容易想出解決之道喔。

補充單字

▪ やりたい／想做（「やる」表示欲望的形態） ▪ やまやま／表示慾望很高（但實際上因某種原因而無法辦到） ▪ けど／「けれども」的口語說法，表示委婉地去陳述一件事語氣 ▪ くよくよするな／別想不開（「な」表禁止） ▪ いっしょに／一起 ▪ やりましょう／做（原形是「やる」，勸誘對方一起做某件事）

184 おうえん
応援してるよ。
ooen shiteru yo.

☞ 我會給你們打氣的。

A
終於，明天就是正式比賽了。
あした しあい ほんばん
いよいよ、明日は試合の本番か。
iyoiyo,ashita wa shiai no honban ka.

加油喔，我會給你們打氣的。
がん ば おうえん
頑張ってね、応援してるよ。
ganbatte ne, ooen shiteru yo.
B

Point

▶「応援してるよ」（我會幫你打氣的！），聽到有人如此給自己打氣，再大的難關也能提起勇氣克服吧。不管是為朋友加油，還是對喜歡的偶像表示支持，在「頑張って」的後面附上這句話，都會為對方的心頭帶來一股暖意喔！

補充單字

▪ **いよいよ**／終於　▪ **明日**／明天　▪ **試合**／比賽　▪ **本番**／正式上場　▪ **頑張って**／加油啊（原形是「頑張る」，表示拜託、輕微的命令）　▪ **応援してる**／加油，打氣（「応援する」的現在式）

185 やるじゃねえか。

yaru ja nee ka.

🎧 24

• ☞ 挺有一套的嘛！

各位請看，這次的商品與以往有所不同…

A 皆さん、ご覧ください。
こちらの商品は今までのものとは違って…。

mina-san,go-ran kudasai.

kochira no shoohin wa ima made no mono to wa chigatte….

挺有一套的嘛！

やるじゃねえか。 **B**

yaru ja nee ka.

Point

▶ 當某人出乎意料地做好某件事時，就用說這句話來為他打氣。口語的「やるじゃねえか」，說法較隨便，用在關係比較親近的親友間，或上司對部屬的時候。其他像「知らない」變成「知らねえ」等，「ない」變成口語「ねえ」的說法。

補充單字 •

▪ 皆さん／大家，各位 ▪ ご覧ください／請看（「見てください」的鄭重說法）

▪ こちら／這邊（語感比こっち、ここ還要鄭重） ▪ 今まで／以往，至今 ▪ 〜とは

違って／和…不同（「〜とは違う」後接其他句子或是動作的形態） ▪ やるじゃ

ねえか／挺有一套的（「やるではないか」的口語說法，帶有刮目相看的語氣）

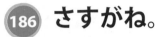

186 **さすがね。**

sasuga ne.

・・・・・・・・・・・・・・・・・・・・・・・☞ 果真了不起呢！

好！這樣就全部完成了。

A **さあ、これで全部できあがったよ。**

saa,kore de zenbu dekiagatta yo.

喔～果真了不起呢！

へえ、さすがね。 **B**

hee,sasuga ne.

Point

▶「さすがね。」表示對某事物原本就是自己所預測好的、優秀的，現在又更加肯定了。這句話用在對於某件事物表示欽佩或讚嘆的時候，相當於說「哇…真不愧是…」、「果然名不虛傳…」的意思。例如：「12 歳で東大に受かって、さすがに天才だ。」（才 12 歲就考上東大，真不愧是個天才。）

補充單字

‧ **さあ**／好！（某行動要開始或是結束時所發出的用語，帶有振奮自己的語氣）

‧ **できあがった**／做好，完成（「できあがる」的過去式）　‧ **へえ**／喔～，嘿～（帶有輕視的語氣）　‧ **さすがね**／果然名不虛傳，果然厲害

187 頑張れよ。 (24)
ganbare yo.

·················· ☞ 多加點油啊。

A ＜ 我是新進人員田中。還有很多不懂的地方，請大家多多指教。

新人の田中です。まだまだ未熟なものですので、よろしくお願いします。
shinjin no tanaka desu. mada mada mijuku na mono desu no de, yoroshiku o-negai shimasu.

喔！多加點油啊。

おぅ、頑張れよ。
oo, ganbare yo. ＞ **B**

Point

▶通常給別人加油打氣時會說「頑張ってね」，不過在男性之間或是上位者對下位者之間，也有以命令形的「頑張れよ」來表示希望對方能貫徹某件事，能突破困難，加油努力的意思。

補充單字

・**新人**／新人（這裡是指公司的新進員工）　・**まだまだ**／還尚未（重複「まだ」，加強語氣）　・**未熟なもの**／菜鳥，（經驗不足）不成熟　・**ので**／因為（表示客觀原因、理由）　・**よろしくお願いします**／請多多指教（「よろしくお願いする」的鄭重說法）　・**頑張れ**／加油喔（「頑張る」的命令用法，這裡表示說話者替對方加油打氣）

188 気分_{き ぶん}はどう。 **24**

kibun wa doo?

・・・・・・・・・・・・・・・・・・・・・・・・・・・・・・ ☞ 覺得怎麼樣？

A
> 不好意思。我有點想吐。
>
> すみません。ちょっと吐き気_{は け}がします。
> sumimasen.chotto hakike ga shimasu.

B
> 你還好吧？覺得怎麼樣？
>
> 大丈夫_{だいじょう ぶ}ですか。気分_{き ぶん}はどう。
> daijoobudesuka! kibun wa doo?

Point

▶ 看見人家身體不舒服時，除了詢問對方「大丈夫ですか」，還有一個常用的就是「気分はどう」（你覺得怎麼樣？）。有道是，常將「請、謝謝、對不起」掛嘴上有助於個人修養，其實常對他人表達適時的關心，也是很重要的喔！

補充單字

• すみません／不好意思（拜託他人時的開場白） • ちょっと／有點，有些
• 吐き気_{は け}がします／想吐（「吐き気がする」的鄭重說法） • 大丈夫_{だいじょう ぶ}／不要緊
• 気分_{き ぶん}／身體狀況 • どう／如何

189 やってみなよ。

yatte mina yo.

⟨24⟩

·· ☞ 試試看嘛。

A

就算再怎麼努力，做不到就是做不到啦。

いくらがんばったって、
できないものはできないよ。

ikura ganbattatte,dekinai mono wa dekinai yo.

哎唷，試試看嘛。

まあ、やってみなよ。

maa, yatte mina yo.

B

Point

▶ 你身邊是不是有「這個也不行、那個也不要」的朋友呢？就用「やってみなよ」（試試看嘛）鼓勵他其實做起來沒有想像中的難，鼓起勇氣試試看吧！搭配不同動詞還可以變化出許多不同的意思喔！例如：「食べてみな」（吃吃看啊）、「飲んでみな」（喝喝看啊）、「言ってみな」（說說看啊）等等。

補充單字 ·····

▪ **いくらがんばったって**／就算再怎麼努力（意思同「いくらがんばっても」、「いくらがんばったとしても」）　▪ **できない**／做不到（「できる」的否定型態）
▪ **まあ**／哎唷（表示不管怎樣先做再說的口氣）　▪ **やってみな**／試看看、做看看（原形是「やってみる」，這裡的用法是表示對他人的勸誘）

Ch11 請求、拜託

190 今回は見逃してください。
こんかい　み　のが

konkai wa minogashite kudasai.

☞ 這次就放我一馬吧。

A

這種成績，很危險耶。

この成績じゃ、ぎりぎりですね。
　　せいせき

kono seeseki ja,giri giri desu ne.

拜託了！這次就放我一馬吧。

お願いします。今回は見逃してくだ
　ねが　　　　　　こんかい　み　のが
さい。

o-negai shimasu. konkai wa minogashite kudasai.

B

Point

▶ 人難免會出錯，若是對方願意放你一馬，那真是叫人感激不盡了。「見逃してください」就是用在這個時候。但最重要的還是用仔細負責的做事態度喔！總是漫不經心的話，恐怕就不是「下不為例」就能解決的了。

補充單字

▪ 成績／成績　▪ ～じゃ／…的話（「では」的口語說法，表示拿前面的事物來
　せいせき
做判斷的話）　▪ ぎりぎり／危險邊緣，極限　▪ お願いします／拜託（「お願
　　　　　　　　　　　　　　　　　　　　　　　　　　ねが
い」的鄭重說法）　▪ 今回／這次　▪ 見逃して／放我一馬，寬恕（原形是「見
　　　　　　　　　こんかい　　　　　　み　のが
逃す」）

191 そこを何とか。

soko o nan toka.

・・・・・・・・・・・・・・・・・・・・・・・・・・・・・・・・☞ 請再寬容一下。

25

A 〈
這個月底前，想請您付清款項。

今月末までに、お支払い願いたいで
す が。

kongetsu-matsu made ni,o-shiharai negaitai desu ga.

請再寬容一下。

そこを何とか。

soko o nan toka.

〉 B

Point

▶ 人在絕境時，會想請求對方網開一面，雖然不是那麼容易，但是懇請想個
方法，再給自己一個機會來補救。「そこを何とか。」（請再寬容一下。）就
是用在這種時候。例如房租繳不出來，要拜託房東再寬容幾天時，就用這
句吧！

補充單字 ・・・・・・・・・・・・・

▪ **今月末**／這個月底　▪ **まで**／到（這裡表示時間的期限到月底）　▪ **お支払い**／
付款，支付（「支払う」的名詞形）　▪ **願いたい**／想請您　▪ **そこを何とか**／這
部分請您通融（「そこを何とかしてください」的省略用法，「そこ」指付款這件
事）

192 代わりにやってくれないかな。 🎧25

kawari ni yatte kurenai kana?

☞ 你可以幫我弄嗎？

A

沒辦法，還是沒辦法。你可以幫我弄嗎？

だめだ、やっぱりできない。
代わりにやってくれないかな。

dameda,yappari dekinai. kawari ni yatte kurenai kana?

怎麼可能啊！

そんなわけないでしょう。

sonna wake nai deshoo!

B

Point

▶ 遇上苦差事，或手邊忙不過來，就難免要求救他人了。在日文裡面，這時候就可以講「代わりにやってくれないかな」。

▶「～てくんない」是「～てくれないか」的口語形。用在拜託對方的時候，「～てくんない」多為男性使用，但是說法較隨便。「かな」是疑問的「か」後接「な」所構成的，放在句尾表示不清楚，而提出疑問。
用在自己的時候，有自言自語的心情。用在對方的時候，有間接請求的意味，這時候多半接否定詞。

補充單字

• だめ／沒辦法，不行　• やっぱりできない／還是沒辦法（表示嘗試過後還是不能解決問題）　• 代わりに／代替，代理　• やってくれないかな／能幫我弄嗎（「やってくれるかな」的反問請求說法，表示說話人希望對方這樣做）　• そんなわけないでしょう／怎麼可能（「そんなわけないだろう」的鄭重說法）

193 ついでにこれも洗って。

tsuide ni kore mo aratte.

••••••••••••••••••••••••••••••••☞ 這個順便也洗一下。

(25)

老公！這個順便也洗一下。

A ねぇ、ついでにこれも洗って。

nee, tsuide ni kore mo aratte.

自己洗啦。

自分でやりなよ。

jibun de yari na yo.

B

可是～這樣手會變粗啊！

A だって、手が荒れちゃうもん。

datte,te ga are chau mo n.

Point

▶ 要請人順便做什麼的時候，就用「ついでに～」（順便…）的用法。例如，「コンビニに行って来るついでにタバコを買って」（去便利商店順便幫我買包煙吧。）「もん」是助詞「もの」的口語形。接在句尾，多用在會話中。表示說話人很堅持自己的正當性，而對理由進行辯解。敘述中語氣帶有不滿、反抗的情緒。跟「だって」使用時，就有撒嬌的語感。多用於年輕女性或小孩子。中文意思是：「因為…嘛」等。

補充單字•••

▪ **ついでに**／順便　▪ **洗って**／洗（原形是「洗う」，表示拜託、輕微的命令）
▪ **自分で**／靠自己（「で」表示依靠的意思）　▪ **やりなよ**／去做啊（「やりなさいよ」的省略說法，表示說話者命令的語氣）　▪ **だって**／可是，但是（用來替自己辯解）　▪ **手が荒れちゃうもん**／手會變粗嘛（「手が荒れてしまうもの」，「もの」表示理由）

194 頼<ruby>たの</ruby>んだぞ。
25

tanonda zo.

•••☞ 那就拜託你了！

今天可要請你好好幹喔！

A 今日<ruby>きょう</ruby>マジにやってくれ。
kyoo maji ni yatte kure.

好。交給我吧。

はい、任<ruby>まか</ruby>せてください。 B
hai, makasete kudasai.

那就拜託你了！

A 頼<ruby>たの</ruby>んだぞ。
tanonda zo.

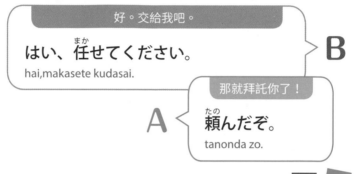

Point

▶ 拜託他人做事時，最後補上一句「頼んだぞ」(就拜託你了啊)，含有「我信任你的能力，希望你好好做啊；就看你的了」的語感。「～ぞ」為男性用語，表示強烈主張自己的意思。

▶ 「てくれ」這一句型形式上是請求，實際上是作為男性上對下或平輩之間較隨便的命令使用。語氣比較率直。相當於中文的「給我…」。

補充單字 •••••••••••••••••••••••••

•**マジに**／好好做，認真（去做）（「まじめに」的省略說法） •**やってくれ**／去做（「やってくれる」的命令用法，通常是上對下、親密的人之間會使用） •**任<ruby>まか</ruby>せて**／交給我，包在我身上（原形是「任せる」） •**頼<ruby>たの</ruby>んだ**／拜託，委託（原形為「頼む」，表示說話者對聽話者的要求） •**ぞ**／喔！啊！（用在要叫對方注意、督促對方時）

195 見^みせて、見^みせて。

misete,misete.

🎧 25

••☞ 我要看我要看！

A

> 啊！那是什麼？畢業紀念冊？我要看我要看！
>
> あ、何^{なに}それ、卒業^{そつぎょう}アルバム。見^みせて、見^みせて。
>
> a,nani sore,sotsugyoo-arubamu? misete,misete.

B

> 不要這樣啦。
>
> やめろよ。
>
> yamero yo.

Point

▶ 看到朋友有什麼新奇的東西，你是不是也常常湊熱鬧的靠過去搶著要看？這時候說著「見せて、見せて」(給我看、我要看) 的話，最能表現你好奇到不行，就是想看的心情了。而通常同一句話，重複兩三次有表示強調的作用。

補充單字••••••••••••••••••••••••••••••••••

・何^{なに}それ／那是什麼 (「それは何」的口語說法)　・卒業^{そつぎょう}／畢業　・アルバム／紀念冊，相簿 (大多以片假名呈現)　・見^みせて／借我看 (原形是「見せる」，表示拜託、輕微的命令)　・やめろ／別這樣，住手 (「やめる」的命令說法，語氣較為強烈)

196 飯でも食いにいかない。

meshi demo kui ni ikanai?

（25）

☞ 要不要一起去吃個飯？

> **今天下班後要不要一起去吃個飯？**

A 今日、仕事終わったら飯でも食いにいかない。

kyoo,shigoto owattara meshi demo kui ni ikanai?

> **好啊。**

いいよ。 **B**

ii yo.

Point

▶ 想邀約對方跟自己一起做某事，而問對方的意願如何，最常說的就是「行かない」，是「行きませんか」的口語形。「でも」用於舉例。表示雖然含有其他的選擇，但還是舉出一個例子。中文常常聽到「要不要一起去吃個飯？」，但其實不一定真的就只能去吃「飯」，也可以是麵食或西餐等等。

補充單字

▪ **終わったら**／結束之後（原形是「終わる」，表示做完前面的事情後就…） ▪ **飯**／飯，餐點（三餐）（意思同「召し上がるもの」，較粗魯說法） ▪ **～でも**／…之類的，或者是（這裡是舉例子提議對方） ▪ **食いにいかない**／去吃個飯如何（「食べにいく」的否定提問用法，這裡當提議使用） ▪ **いいよ**／好啊（表示贊同對方的提議）

やめて。

yamete.

25

....☞ 不要這樣。

A〈 你好可愛喔。
君、かわいいね。
kimi,kawaii ne.

不要這樣。不要碰我啦。
やめて。さわらないで。
yamete.sawaranaide. 〉B

A〈 有什麼關係。
いいじゃないか。
ii ja nai ka.

就說叫你住手了！救命啊！誰來幫幫我啊！
**やめてって言ってるでしょ。助けて。
だれか来て。**
yametette itteru desho!tasukete!dare ka kite! 〉B

Point

▶ 當有人做出令自己不甚愉快的舉動時，就需要利用「やめて」來表示自己拒絕的意思。這時候就不必加上「～てください」的客氣用法了，用堅決的口氣勇敢的拒絕對方吧。被無聊的人糾纏時，要不客氣的拒絕對方，不要讓對方有趁虛而入的機會喔！

補充單字 •••••••••••••••••••

• **かわいい**／可愛的 • **やめて**／不要這樣，住手（原形是「やめる」，表示拜託、輕微的命令） • **さわらないで**／別碰，別摸（「さわる」的否定輕微命令用法） • **いいじゃないか**／有什麼關係，又沒關係（「いいではないか」的口語縮約形） • **～って言ってる**／就說…（「と言っている」的口語說法，表示強調前面說過的內容） • **助けて**／救命（原形是「助ける」，表示拜託、輕微的命令）

198 あなたが決めて。

anata ga kimete.

☞ 你決定啦。

A | 晚餐吃什麼好呢？
夕食は何にしようかな。
yuushoku nan ni shiyoo kana?

B | 你決定啦。
あなたが決めて。
anata ga kimete.

Point

▶ 日常生活中常常會被問到許多問題：午餐吃什麼？看哪部電影好？我們要約幾點？如果自己沒有特別的意見，通常就交由對方決定。這時候就可以說「あなたが決めて。」（你決定吧。）。

補充單字

- **夕食**／晚餐，晚飯　　　**何にしよう**／要吃什麼，要選什麼（原形是「何にする」）
- **かな**／呢？呀？（表示疑問的語氣）　　**決めて**／決定（原形是「決める」，表示拜託、輕微的命令）

199

タバコちょっと買ってきてもらえない。 25

tabako chotto katte kite moraenai?

••••••••••••••••••••••••••☞ 可以幫我買包香菸嗎？

A ＜ 可以幫我買包香菸嗎？

タバコちょっと買ってきてもらえない。
tabako chotto katte kite moraenai?

小事一樁。

お安いご用です。
o-yasui go-yoo desu.

B

Point

▶ 這句話用在拜託朋友或平輩同事或親友做什麼事的時候。意思是「能不能
幫我…」、「幫我…好不好」。因為是詢問句，記得句尾語調要上揚喔！普
通如上司對下屬之類的上對下關係時，也是用此說法。如果對方是長輩，
就要改用語氣更尊敬的「～てもらえませんか」（能否請您…嗎？）。

補充單字

▪ タバコ／香菸（多半以片假名呈現）　▪ ちょっと／一下，暫且　▪ 買っても
らえない／能幫我買嗎（「買ってもらえる」的反問用法，語調上揚）　▪ お安い
ご用／小事一樁（別人命令、請求自己做某事時，回答對方沒問題的答應說法）

200 **まだいいじゃないか。**
mada ii ja nai ka.

☞ 還早啦！

A
走！回家回家。
さあ、そろそろ帰(かえ)ろうっと。
saa,sorosoro kaerootto.

還早啦！
まだいいじゃないか。
mada ii ja nai ka.
B

Point

▶當聽到別人的建議，但自己還不想這麼做的時候，就可以使用這樣的回答：「まだいいじゃないか。」（還沒關係吧。）。

▶「〜っと」為「〜と思います」，原來是表示說話人的意志、打算、決心的說法。但是變成「〜っと」，一般用在說話人開始進行話中行為的時候，而且多半是自言自語的。

補充單字

▪ **さあ**／走吧！來吧！（這裡表示勸誘邀請對方做某事時，所發出的用語）
▪ **そろそろ**／差不多，就要　▪ **帰(かえ)ろうっと**／回家回家（「っと」表示說話者突然很快地做某動作）　▪ **まだ**／還，還沒（表示還沒有到達某狀態）

❶ 讚美 ・ 安慰

» 我認為你提出的方案非常有創意呀。

アイデアはとってもいいと思うんだけど。

» 那個女孩實在長得太可愛了。

あの子、すっごくかわいいんだから。

» 咦？那應該是洋子吧？她現在變得這麼厲害囉？

あれ、洋子でしょう。すっごくうまくなったね。

» 外型輕巧又便於使用。

小さくて使いやすいです。

» 要走不少路哪。

けっこう歩くね。

» 那可真是太厲害了。

そりゃすごいね。

» 你是不是有點累了呢？

ちょっと疲れてるんじゃないの？

» 那可實在太過分了。

そりゃあんまりだな。

» 不要在意這種雞毛蒜皮的小事嘛。

つまらないこと気にするなよ。

» 沒關係啦，不要在意了。

良いから、気にしないで。

» 這個對瘦身減重挺有效的唷。

ダイエットにいいじゃない？

» 身為農家子弟，生活很辛苦吧。

農家の息子っていうのは大変ですね。

» 是嗎？那就沒辦法了，畢竟是為了賺錢呀。

そうか。仕方ないね。お金のためだもん。

❷ 祝賀 ・ 應和

» 生日快樂！這是我送的禮物喔。

おめでとう。これ、私からのプレゼントよ。

» 謝謝你還記得我的生日。我可以打開來看嗎？

ありがとう。僕の誕生日覚えててくれて、開けてもいい？

» 請打開來看吧。

どうぞ、開けてみて。

» 你想要什麼生日禮物呢？

お前、誕生日に何ほしいんだ？

» 什麼禮物都不要，只要帶我去迪士尼樂園就好。

何もいらないから、ディズニーランド連れてって。

» 那麼，就決定去那裡玩吧。

じゃ、そうするか。

» 太棒了！
やったあ。

» 恭喜您舉辦個展。
個展(こてん)おめでとう。

» 我也這麼覺得。
僕(ぼく)もそう思(おも)う。

» 挑這個應該不錯吧。
これなんか良(い)いんじゃないか。

» 哎，誰要我們是老交情了呢。
ああ、昔(むかし)からの親友(しんゆう)だもんね。

» 這很便宜呀！
安(やす)いもんね。

» 可是看起來很好吃耶。
おいしそうだもん。

» 是哦…，我也好想要喔。
へえー、あたしもほしいなあ。

» 你說得也是，每個人的喜好都不同呀。
そりゃそうね。好(この)みの問題(もんだい)ね。

» 我也常常想要那麼做。
私(わたし)も時々(ときどき)そうしたいと思(おも)ってるの。

» 我也一樣啊。實在受不了。
私(わたし)だっておんなじよ。まったく参(まい)っちゃうわね。

❸ 贊成 · 反對

» 我也這麼認為啊。
そう思(おも)うよ。

» 你說的對。
その通(とお)りだ。

» 我贊成。
賛成(さんせい)だ。

» 是嗎？可是我覺得那樣很不錯耶。
そうかな、僕(ぼく)はいいって思(おも)うけどなあ。

» 人的個性實在不容易改變哪。
人(ひと)の性格(せいかく)ってなかなか変(か)わるもんじゃないね。

» 恕難從命呀。
そいういうわけにはいかないんだけど。

» 如果是當天的話，請恕無法配合。
当日(とうじつ)じゃ無理(むり)だね。

» 我認為應該不相關。
関係(かんけい)がないって思(おも)っています。

» 我想應該沒那麼貴吧。
そんなに高(たか)くないって思(おも)うけど。

❹ 驚訝

» 咦？你的拉鍊沒拉上喔。
あれ？チャック開いてるよ。

» 什麼嘛，昨天的咖哩還有剩啊！
えーっ、夕べのカレーまだあんの？

» 真是令人不敢置信，他到底想要怎麼樣啊？
信じらんない、いったいどうすんの？

» 喂！你在做什麼？
こら、何してんの？

» 咦，山田先生已經回去了喔。
あれ、山田さん、もう帰ったんだ。

» 老公，你看看，我們家的車被撞凹了。
あんた、見て。うちの車、凹んでるわ。

» 糟了、糟了！聽說山下先生車禍肇事，被警察抓走了！
大変、大変。山下さんが交通事故を起こして、掴まっちゃったんですって。

» 聽說佐藤小姐不是生病，而是發生車禍了。
佐藤さんは、病気じゃなくて、交通事故なんですって。

» 我跟妳說哦，聽說宮田小姐想要辭職了喔。
ねえ、宮田さんがね。会社辞めたいんだって。

» 對不起，我再也沒辦法和您見面了。
ごめんなさい。私、あなたとはもう会えないの。

» 什麼！妳說不能跟我再見面了，到底是怎麼回事？
えっ！会えないってどういうこと？

» 我要結婚了。
私、結婚することになったの。

» 我跟你說喔，聽說花子她到現在還跟爸爸一起洗澡耶。
ねえ、花子ったら今でもお父さんとお風呂に入ってるんだって。

» 真的假的？實在讓人不敢相信，她都已經20幾歲了耶。
ほんと？信じられないわ。もう二十歳すぎてるのに。

» 實在為她感到難為情耶。
恥ずかしいよねえ。

❺ 開心・驚喜

» 最近有隻全世界最大的老鼠送來這裡展覽，真罕見哪。
最近、世界最大の鼠が来たんだ。珍しいよ。

» 喔，你是說那個呀，那可廣受歡迎哩。
ああ、それ、すごい人気なんだ。

» 自從我在專業領域中鑽研後，已經過了10個年頭。我非常努力地想在今年拿下日本第一的寶座。
もうプロになってから10年になるんで、今年こそは日本一になろうと思ってがんばりました。

» 你們聽我說、聽我說！我們這次要去北海道耶。

ねえ、聞いて、聞いて、今度、北海道へ行くことにしたんだ。

» 哎，雖然很辛苦，總算完成了。

あ～あ、大変だったけど、何とか終わりましたね。

» 哎，真羨慕呀。這樣就輕鬆了吧。

あ～あ、いいですね。これは楽ですね。

» 聽說首度翻譯的作品即將出版。

もうすぐ初めて訳した本が出るんですって。

» 聽說要加薪了？

給料上げるって？

❻ 命令或強求

» 拜託你，讓我搭個便車吧，只要載我到中途就好。

お願い、乗せてって。途中まででいいから。

» 你進來這邊一下。

ちょっとこっちへ入って。

» 幫我拿一下這個。

これ、持ってて。

» 幫我拿一下那個有肩帶的皮包。

その肩ひものついた鞄、取って。

» 不好意思，幫我拿那個檔案夾。

悪い。そこのファイル取って。

» 智子，把辭典拿過來。

智子、辞書持ってきて。

» 老公，看這邊。

あなた、見て。

» 政夫，幫我把那個杯子拿過來。

まさお、ちょっとそのコップ、取って。

» 小隆，把這塊蛋糕帶回去吧。

ねえ、隆君、このケーキ、持って帰って。

» 不要走那麼快嘛。

そんなに早く歩かないで。

» 不要忘了早晚要澆水。

朝と晩に水をやるのを忘れないで。

» 那麼，就穿長裙吧。

じゃあ、長いスカートにしなさい。

» 喂，你身上有沒有錢呢？可以借我個3萬塊嗎？

おい、金持ってるか。3万円ほど貸してくれないか。

» 我才不借你！

貸すもんか。

» 有什麼關係嘛，咱們不是朋友嗎？

いいじゃないか。友達だろ？

» 喂，你把小孩藏到哪裡去了？

おい、子供をどこに隠した？

251

» 不管你再怎麼問，我不知道就是不知道。
いくら聞かれたって知らないものは知らない。

❼ 不滿

» 還要再等一個月哦。
また１ヶ月待たなくちゃね。

» 非得照那樣的順序才行。
その順番でなきゃいけないの。

» 我也不曉得對方會不會來。
来るか来ないかわからん。

» 最近的語言裡儘是些簡稱，實在讓人摸不著頭緒耶。
最近は言葉なんでも短くするから、わからんや。

» 你鬧夠了沒，該收斂點了吧？
ちょっと、いいかげんにしてくんない？

» 你有什麼不滿嗎？
何か不満でもあんの？

» 老公，你最近都很晚才到家耶。
ここんとこ帰りが遅いわね。あなた。

» 你給我差不多一點！
もう、いい加減にするんだ。

» 看來，你今天似乎很疲憊喔。
今日、よっぽど疲れているんだね。

» 那個人說起話來總是又臭又長。
あの人の話しは、長くて。

» 這輛車很小，坐起來非常窘迫。
車が小さくて、窮屈です。

» 我才想講你已經遲到很久了耶。你現在人在哪裡？
そっちこそ、遅いよ。いまどこ？

» 我寫就是了嘛。
書きゃいいでしょ。

» 早知道別說出來就好了。
言わなきゃいいのに。

» 不去不行啦。
行かなきゃだめだよ。

» 我知道了啦，去了總行吧，我去就是了啦！
わかったわよ、行きゃいいんでしょ、行きゃあ。

» 如果你真的那麼想做的話，悉聽尊便。
そんなにやりたきゃ、勝手にすりゃいい。

» 他說他不想工作得那麼累。
あんまり働かされるのは嫌なんだって。

» 他說他才不會做那種事哩。
そんなことしないんだって。

» 應該沒必要做到那種程度吧。
そこまで必要ないんじゃない。

» 大小正好合適哪。
大きさは良いじゃないの。

» 那樣不是很浪費嗎？
そんなのもったいないじゃない。

» 我覺得那完全是浪費能源。
全くエネルギーの無駄だって思います。

» 最近都很晚回來耶。
ここんとこ帰りが遅いわね。

» 你每天晚上都做些什麼去了，搞到這麼晚才回來！
こんなに遅くまで毎晩なにしてんの。

» 我總得去陪人家應酬應酬啊。
いろんな付き合いがあるもんだからね。

» 你又裝出一副跟你無關的模樣…。真是氣死人了啦！
また知らんぷりして…。ほんとにいやんなっちゃうわ。

» 佐藤那個傢伙，竟然罵我是禿驢！
佐藤のやつ、俺のことハゲって言うんだよ。

» 真過份。
そりゃあんまりだな。

» 我實在是氣炸了，簡直忍不住想揍他一頓。
よっぽど腹が立ったから殴ってやろうかって思ったよ。

» 真的很氣人耶。
もう嫌んなっちゃう。

» 給我記住！
覚えとけ！

» 歹勢，我突然有急事。
ごめん、急な用事ができちゃって。

» 咦？不能去了？
えっ？行けなくなった？

» 我們早上不是約好了？
今朝、約束したでしょ？

» 那你不會一個人去啊？
じゃー人で行けばぁ？

» 你說那什麼話。
なにその言い方。

» 小健最近很奇怪！
だいたい健ちゃん最近変だよ。

» 別囉唆了！
うるせぇなぁもー。

» 我也有很多事要忙的。
おれだっていろいろ忙しいんだよ。

» 哪能你說什麼我就做什麼的。
いちいちお前との約束守ってられっかよ。

» 夠了！我一個人去！
もういい！一人で行く！

» 小健大笨蛋！討厭死了！
健ちゃんのバカ！大っきらい。

253

❽ 擔心・焦急

» 或許會發生危險。
あぶ
危ないかもしれん。

» 或許路上會有積雪喔。
ゆき つ
雪、積もるかもしれんよ。

» 我擔心不知道會不會增添對方的麻煩。
めいわく しんぱい
迷惑じゃないかって心配したわ。

» 或許能趕得上哦。
ま あ
間に合うかもしれんよ。

» 那可糟了，得趕快去才行。
たいへん いそ
そりゃ大変だ。急がないと。

» 快點快點！不加緊腳步的話，電影就要開演啦。
はや はや いそ えい が
早く早く！急がないと、映画が
はじ
始まっちゃうよ。

» 實在擔心死了。
しんぱい
心配でなんない。

» 實在忍不住焦躁坐立不安。
いらいらしてなんない。

» 我現在正在猶豫。
いままよ
今迷っているとこなんです。

» 你在做什麼呀？打從剛剛就一直猛抽菸。
なに
何をしてるの？さっきからタバ
す
コばっかり吸って。

» 這下可麻煩了。
むずか
こりゃ難しいや。

» 得盡早想想辦法才行。
いちにち はや なん
1日も早く何とかしなければ。

» 聽說山田小姐把昨天男朋友剛送她的戒指弄丟了。
やまだ きのうかれ ゆび
山田さん、昨日彼にもらった指
わ
輪をなくしたんだって。

» 開始下雨了耶。天氣預報說，雨勢會越下越大。
あめ ふ よ ほう
雨、降ってきましたよ。予報で
は、ひどくなるって。

» 你剛剛說什麼？
なん
何て？

» 就算你這樣坐立難安也於事無補呀。
そんなにいらいらしたってしょ
うがないでしょう。

» 就算你把怒氣發在我身上，對事情也沒有幫助吧？
わたし おこ
私に怒ったってしかたないでしょ
う？

» 無論如何都不行嗎？哎，實在太可惜了哪。
ざんねん
どうしてもだめ？あら残念でな
んないわ。

❾ 失望・同情

» 聽到那件事，不禁讓人寄予無限同情哪。
はなし き
その話聞いたら、かわいそうで
なんないのよ。

» 這場派對無聊透頂。
パーティがつんない。

» 關於我們要去的旅遊，聽說田中小姐不能參加了耶。

旅行のことなんだけど、田中さん行けないんですって。

» 別說那種話。

そんなこと言わないで。

» 別說那種毫無雄心大志的喪氣話。

そんな夢のないこと言わないで。

» 因為他們對自己沒有信心，所以才不敢明確表達想法。

自分達に自信ないからはっきり言えないんだ。

» 實在太不甘心了。

悔しくてね。

» 我想要用手把球拿起來，但就是拿不到。

手でボールを取るとしたんですが、取れなくて。

» 我已經說過了，照現在這樣就行了呀。

今のままでいいんですって言ったんですけどね。

» 看來你不適合擔任人事業務，所以會覺得格外疲憊。

人事の仕事には向いてないようで疲れちゃうんだ。

日本語 情境
200 學口語 縮約形

考聽力、看日劇漫畫，跟日本人套交情 這本就夠啦！

實用日語 05

發行人	**林德勝**
著者	**吉松由美、田中陽子、山田玲奈**
出版發行	**山田社文化事業有限公司**
	地址　臺北市大安區安和路一段112巷17號7樓
	電話　02-2755-7622　　02-2755-7628
	傳真　02-2700-1887
郵政劃撥	**19867160號　大原文化事業有限公司**
總經銷	**聯合發行股份有限公司**
	地址　新北市新店區寶橋路235巷6弄6號2樓
	電話　02-2917-8022
	傳真　02-2915-6275
印刷	**上鎰數位科技印刷有限公司**
法律顧問	**林長振法律事務所　林長振律師**
定價	**新台幣299元**
初版	**2022年 03 月**

© ISBN : 978-986-246-669-8
2022, Shan Tian She Culture Co., Ltd.

朗讀QR Code